悪魔が恋のキューピッド

Rena Shuhdoh
愁堂れな

CHARADE BUNKO

Illustration

明神翼

CONTENTS

本作品の内容はすべてフィクションです。
実在の人物、団体、事件などにはいっさい関係ありません。

I

最後通牒《つうちょう》。

まさに今、僕は高校時代の先輩にして、現在は担当編集者である神谷壮吾《かみやそうご》からその『最後通牒』を受けたところだった。

僕は駆け出しのミステリー作家だ。デビューは二年前。ミステリー界ではそこそこ有名な雑誌の新人賞の佳作に入ったのがデビューのきっかけで、今までに単行本を二冊発行してもらっている。

本名の『速水礼文《はやみあやふみ》』を名前の読み方だけ『レイモン』に変えてペンネームにした。レイモンド・チャンドラーにあやかった——というわけではなく、高校時代からのあだ名が『レイモン』だったからで、そのほうが『あやふみ』よりもインパクトがあり、読者の記憶に刺さるだろう、という神谷の勧めに従ったのだった。

実際記憶に刺さったかとなると、多分よほどのマニアしか僕の名は知らないと思う。謙遜《けんそん》ではなく事実だ。ツイッターでエゴサーチをしてみても——神谷からは『落ち込むだけだからよせ』と止められているのだが——滅多なことでは感想ツイートなど見当たらない。

たまにあればあったで『始球式だった』だの『中古で正解』だの、心が折れそうになるものばかりだ。

解説するまでもないが『始球式』は『読んだ結果、壁に投げつけたいほどの酷《ひど》い出来』という意味であり、『中古で正解』もほぼ同義である。

それだけに覚悟はしていた——が、実際今日、提出したプロットの返事だとばかり思っていた神谷の電話の用件が、せっかくプロットは提出してもらったものの、前に出した本二冊の実売が悪すぎて、三冊目は出せなくなった——という『最後通牒』であったことはやはりショックだった。

『悪く思わないでくれよ。コッチも商売だからな』

文句を言われる前にと思ったのか、それとも泣き落としにかかられたら面倒だと思ったのか、それじゃあな、と神谷は早々に電話を切ってしまい、呆然《ぼうぜん》としていた僕はその後十分間、ツーツーという音しかしない電話を握っていた。

ようやく我に返ったのがつい先ほどで、僕は没となったプロットを前に、深い、それこそ肺から空気がなくなるほどに深い溜《た》め息をついてしまった。

これからどうすればいいんだろう。明日からの生活を思うと本当に溜め息しか出てこない。

こんなことなら、もっと真面目《まじめ》に就職活動をしておくんだった。佳作に入ったのがちょうどリクルートの時期で、あまりに浅はかだった僕は、このままプロ作家になれるに違いないと思い込んでしまったのだ。

結果、就職活動はまったくしないで、新作のプロット作成に明け暮れた。神谷からはそのとき、作家一本に絞るのはあまり勧めない、と反対を受けた記憶がある。

社会勉強の意味でも、一般企業に就職したほうがいいに決まっている。神谷は先輩らしくそう意見してくれたのだが、就職なんてしたら執筆の時間がなくなってしまう、と僕は貴重な彼の意見をまるっと無視してしまったのだった。

今から思うと馬鹿なことをした。タイムマシンがあるのなら、二年前に立ち戻り馬鹿げた選択をした自分をしばき倒したい。

いや、しばくよりもいかに出版業界が厳しい世界かを懇々と説教してやったほうがいいだろう。聞き分けがないようだったら殴ってでも——と、二年前の自分の更正法をかなり真剣に考えていたことに気づき、いい加減現実逃避はやめよう、とまた僕は海よりも深い溜め息をついた。

これからどうすればいいんだろう。途方に暮れるばかりで、いいアイデアなど一つも浮かばない。

他社に営業をかけるか？　出版不況といわれる昨今、実売の悪い作家を拾ってくれる会社があるとは思えない。

それなら就職するか？　就職難の今、新卒でもなければ語学力もなく、これといった特技も資格も持っていないのに、就職先が見つかるわけがない。

今も印税だけでは生活が成り立たないので——二冊しか出ていないので当然だが——コンビニのバイトで生計を立てている。

神谷先輩がときどき、雑誌のコラムのバイトを回してもくれるが、その原稿料も一万円を切ることがザラなので、とても筆一本で生活なんてできないのが現状なのだ。

まあ、今は筆じゃなくてパソコンだけど、なんてことはどうでもよくて。ともあれ、バイトと両立してはいたが、意識的には『作家業』が主、バイトはサブ、という認識ではあった。

しかし今後はバイトが主、作家業がサブとなってしまうのだ。

バイトをしながら書き続け、再度賞にチャレンジする。それしか道はないのだから、と覚悟を決め——なければならないというのに、どうしても僕の口からは溜め息が漏れてしまうのだった。

甘いという認識はある。でも一度は書店に自分の著書が並んだ身である。

ぶっちゃけ、ウチの近所の書店には入荷がなかったりはしたが、それでも一度は商業作家になったというのにまた一から出直しだなんて、切ないことこの上ない。

やっぱりペンネームは変えるべきだろうか。新人としてのほうが売り込みやすくはあるんじゃないか。

今のペンネーム——って本名だけど——には、マイナスイメージしかないのだし、とまたも溜め息を漏らしてしまっていた僕は、自分の本名にマイナスイメージしかないという事実に改めて直面し、なんだか情けなくなった。

「何がレイモンだよ」

読み方を変えようが変えまいが、関係なかったじゃないか。八つ当たりと思いつつもつい、そのペンネームに決めた神谷を恨めしく思いながら呟《つぶや》いたそのとき——。

「………え………？」

窓のカーテンが大きく揺れた。が、今日は殊更暑い日で、深夜とはいえまだクーラーをつけているため、窓は開けちゃいない。

まさか泥棒？　いや、猫とか？　ここは三階建ての、セキュリティもちゃんとしてない古びたマンションゆえ、侵入者があってもおかしくないが、それにしても窓を開ける音はしなかった。

立てつけが悪くなっているのか、ステンレスの窓枠が少々歪《ゆが》んでいるらしく、窓の開け閉めはかなり力がいる上に、ギギギ、という大きな音もするのだ。

いくら僕がぼんやりしていたとしても、あの音を聞き逃すわけがない。

ということは幽霊？　引っ越してきて三年目になるが、一回も幽霊なんて見たことないぞ。

一瞬にしてそこまで考えた僕の目の前でまた、大きくカーテンが揺れたかと思うと、次の瞬間、カーテンの間からすっと一人の長身の男が姿を現したものだから、僕はびっくりしたあまり思わず大きな声を上げてしまったのだった。

「わーっ」

「うるさい。近所迷惑だ」

悲鳴を上げる僕に男はつかつかと歩み寄ると、じろ、と物凄くきつい目つきで睨《にら》んできて、今度は僕から声を失わせた。

「よろしい」

僕が黙ると男が満足そうに、にっこりと笑う。

「…………あ、あの…………」

当然ながら見覚えはない。一体誰だ、と僕はこの、突如として室内に現れた男の姿を恐る恐る観察し始めた。

流暢《りゅうちょう》な日本語を話してはいるが、見た目は完璧《かんぺき》な外国人だった。昔、母が好きだったイギリスかどこかのビジュアル系のバンドのメンバーにでもいそうな感じで、黒髪を腰まで伸ばしている。

顔はまさに『ビジュアル系』そのもので、人気モデルやハリウッドスターにもここまで顔立ちの整った男はいないと断言できるような美形だった。

凛々《りり》しく美しく、そして品がある。抜けるように白い肌。漆黒の瞳《ひとみ》。すっと通った鼻筋。思いの外、紅《あか》い唇。

どれもこれも酷く印象的で、彼が唐突に室内に現れたのでなければ、絶世といってもいいその美貌《びぼう》に見惚《みと》れてしまっていたことだろう。

服装は黒一色で、光沢のあるシャツに革のパンツを穿《は》いている。

この季節に革パンなんて、汗で蒸れたりしないのか、なんて余計なお世話の心配をする余裕は当然、備わっているわけがなかった。

「あ、あの」

目の前でにっこりと、機嫌よさげに微笑《ほほえ》んでいる彼に僕は、名前と、それにどうやって部屋に入ったのか、そのあたりを聞いてみようと、おずおず問いかけた。

「なんだ」

「あの……どちら様ですか」

問うてから、もっと厳しく問い質《ただ》すとか、警察を呼ぶぞと脅すべきだったたか、と気づき、言い直そうとする。が、それより先に男が答えた。

「デイモンだ。お前の望みを叶《かな》えてやるためにやってきた」

「え」

聞くより前に、名前ばかりか知りたかった理由まで答えてくれた男は、思いも寄らない答えを聞き一瞬唖然《あぜん》とした僕に、にっこりと笑いかけた。

「他に聞きたいことはあるか？　ああ、そうだ。ビジュアル系バンドというのはなんだ？」

「ええっ⁉」

驚きのあまり僕はまた、大きな声を上げていた。

「だから近所迷惑だろうが」

男が不快そうに眉《まゆ》を顰《ひそ》め、僕を睨む。

「ビ、ビジュアル系って……」

その単語を僕は声に出しては言っていない。心の中で思っただけだ。

それをなぜ、男は――デイモンとかいう名前の彼は僕に問うてくるのだ？

それとも、もしかして無意識のうちに思考が口から漏れていたのか？

普通に考えればそうだが、僕にそんな記憶はない。まあ無意識だから記憶に残ってないだけかもしれないが、それにしても、と動揺しまくっていた僕は、呆《あき》れた口調で発せられたデイモンの次なる言葉に、本格的に腰を抜かすくらい驚いてしまったのだった。

「不思議に思うことなど何もない。お前の心くらい読めないでどうする」

「ええーっ」

まさに『心を読んだ』ことを言われ、僕はまたも絶叫してしまった。

「だから」

うるさい、とデイモンは不機嫌そうに言い捨て、やれやれ、というように肩を竦《すく》める。

「驚いていないで願いを言え。私が叶えてやろう」

「ね、願い？」

未《いま》だ動揺しいながらも、そう問い返してしまった僕にデイモンが、

「そうだ、願いだ」

と、一変してにこやかに話しかけてきた。

「お前は今、やりきれない怒りを抱えていただろう？　その怒りを浄化してやろう。お前が思うとおりの人生を歩ませてやろうというのだ。さあ、願いを言え。今この瞬間にも叶えてやるぞ」

「ええと、その………」

得意げに告げるデイモンに僕は正直どん引きしていた。

もしかして頭のおかしな人なんじゃないか？　さっきの、僕の心を読んだんじゃあ？　といった内容も、まぐれだったりして、と思えてくる。

やはり通報するか、とテーブルの上から携帯電話を取り上げようとしたそのとき、

「なぜ信じない」

いかにも不機嫌そうにデイモンはそう告げ、僕に向かって身を乗り出した。

「私を誰だと思っている」

「知りません」

即答してから、名前は聞いていたかと思い直す。

「デイモン……さん？」

「デイモンが誰だか知らないのか」

「知りません」

今度も即答したものの、もしかして著名人なのかと思いついた。

「芸能人の方ですか？」

「なんでそうなる。まがりなりにも作家だろう？」

「えっ？」

どうしてそれを。びっくりした次の瞬間、もしや、と可能性に思い当たる。

「もしかして僕の読者さん？」

「だからなんでそうなる」

「え」

違うのか。なんだ、残念。

がっくりと肩を落とした僕の耳に、デイモンのバリトンの美声が響いた。

「デイモンといったら普通、悪魔だろう？」

「悪魔？」

問い返してから、冗談を言われたのかとすぐ気づく。

「悪魔って、角とか羽根とかあるやつですか」

冗談なら冗談で返してやる。そう思ったがゆえの言葉だった。

「そうだ」

だがデイモンは笑って頷《うなず》いたかと思うと、とんでもない行動に出た。

「よく知っているな」

ニッと笑いながら彼が自身のシャツを摑《つか》む。

「え」

何をする気だ、と問おうとした直後、目の前で起こったあまりに非現実的な光景に声を失ってしまった。

摑んだシャツを引っ張った次の瞬間、彼の裸の背にばさり、という音と共に黒い翼が出現する。

「ええっ？」

続いて少しだけ俯《うつむ》いていた彼が顔を上げたのだが、そのとき頭部ににょきにょきと角が――ヤギだか牛だかわからない、そんな角が生えてきたのだ。

「ええーっ？？？」

またも絶叫した僕にデイモンが、

「うるさい」

と冷たく言い捨てる。

「あ、あ、あ、悪魔??」

まさに今、僕の目の前にいるのは、子供の頃に絵本で見た『悪魔』そのものだった。

「あ、悪魔…………」

「そうだ。悪魔だ。ようやくわかったか」

ふふ、とデイモンが笑いながら、ばさり、と羽根を動かす。

「…………うっそー…………」

目の前が真っ暗になる。

これが夢じゃなければ何が夢だ。そう思いながら僕は、どうやらそのまま気を失ってしまったようだった。


「おい？　おい？」

頬《ほお》をぺしぺしと叩《たた》かれ、意識が戻る。

「うわっ」

だが目の前にいる『デイモン』には、未だに角も翼もあった。

「んー」

再び気を失いそうになったところ、両肩を摑んで揺さぶられる。

「しっかりしろ。時間が勿体《もったい》ない」

「あ、悪魔……」

本物の悪魔と遭遇する日がこようとは。またも目の前が暗くなりそうになるのを、その『悪魔』に身体《からだ》を揺さぶられ我に返った。

「さあ、早いところ契約を済ませてしまおうではないか」

「け、契約？」

悪魔と契約だなんて恐ろしすぎる。誰がするか。するわけないだろう、と思いながら悪魔を見ると、

「そんなに怖がるな」

デイモンは苦笑し、摑んでいた僕の両肩を離した。

「あ」

彼の頭から角が、そして背からは羽根が消えていく。

「別に怖がらせるのが目的ではないからな」

またもとの、ふるいつきたくなるほどの美青年に戻ったデイモンは、にっこり笑ってそう言い、僕の顔を覗《のぞ》き込んできた。

「…………」

僕は夢でも見ているのだろうか。夢じゃなきゃまあ、『悪魔』なんて見るわけもないか。

そう思い見返すとデイモンは、やれやれ、というようにまた肩を竦めてみせた。

「夢ではない。先ほどから何度も言っているが、私はお前の願いを叶えるために来たのだ」

「……………願い……ですか」

また心を読まれた。が、夢ならまあ、アリかなと変に納得してしまう。

「だから……夢ではないというのに」

デイモンはもどかしそうな顔になったが、すぐ、

「ああ、そうだ」

と何か思いついた声を出した。

「どうしても信じられないというのなら、今すぐお前の願いを叶えてやろう。何を願う？ベストセラー作家になることか？」

「ええっ？」

そもそも僕は今自分が夢を見ているという認識だったので、『願い』なんて考えてもいなかった。

しかしこうしてデイモンに『願い』候補をあげられ、なるほど、その手があったかと今更のように思いついたのだった。

言っただけで願いが叶うなんてことがあれば、苦労はないのだ。今、僕が切実に願ってい

ることは『作家をやめなくてもすみますように』というもので、ベストセラー作家だなんてとてもとても、思いつくものじゃない。

でもどうせこれは夢なのだ。夢ならいっそ大きく出るか。一瞬にしてそう思った僕は、

「じゃあ、それでよろしくお願いします」

と頭を下げた。

「よし」

デイモンが満足げに笑い頷く。

「…………………」

五秒。十秒。十五秒。

「……あの？」

何も変化がないんですけど。

夢の世界の中でなら、さっきの『よし』のあとには、たとえば、

『先生、先生』

と神谷をはじめ編集者が僕をちやほやしたり、

『サインくださーい！』

『新作、めちゃめちゃ面白かったです！』

とファンに取り囲まれたり、

『祝！　百万部突破！』

なんて垂れ幕が下がったり、

『速水先生の百万部突破をお祝いして！』

なんてパーティが開かれたり――我ながら悲しいくらいに『ベストセラー作家』のイメージが貧困だ――と、そんな展開になるんじゃないかと思う。

でも、しつこいようですが何も変化がないんですけど。

どうなってるんだ、とデイモンを見る。

「堪《こら》え性がないな」

デイモンはまた僕の心を読んだようで呆れた口調になったあと、左手をすっと上げ天を指差した。

「?」

神様に祈れ？　まさかそういうオチ？　つられて天を見やった僕にデイモンが、

「そんなわけがないだろう」

とむっとしてみせる。

「私は悪魔だぞ?」

「あ、そうでした」

神様に祈るはないか、と自分の思い違いに受けてしまっていたそのとき――いきなり僕の携帯の着信音が鳴り響いた。

すごいリアルな夢だ。思いながらも携帯のディスプレイを見やり、神谷からの着信と知る。

夢の中でも一応出ておくか、と僕はデイモンに、

「ちょっとすみません」

と断ってから電話に出た。

「もしもし？」

『ああ、レイモン、今、いいか？』

夢の中だというのに神谷はいつものようにそんな気遣いを見せていた。

「勿論《もちろん》」

悪いことなんてない。どうせ夢なんだから、と電話の向こうの神谷に答える。

『実はお前にとっていい話があるんだ』

「なんです？　いい話って」

普段僕は神谷に対して敬語で接している。高校時代の先輩後輩の関係を維持しているわけだが、夢なら別にタメ語でもいいかと思い直した。

「教えてよ」

『え？』

電話の向こうで神谷が戸惑った声を上げる。面白い、と僕は更にタメ語で話しかけた。

「ついさっき、僕に最後通牒した神谷先輩が、一体どんな仕事持ってきてくれたってわけ?」

『お前、自棄《やけ》酒でも飲んでるのか?』

神谷が恐る恐るといった感じで聞いてくるのに、

「それより、何?」

と聞いてみる。

きっと神谷はここで『おめでとう、百万部突破!』とかなんとか言うのだろう。

だってこれは夢なんだから――と思っていた僕に彼は、思いもかけない話題を振ってきた。

『お前さ、城田典嗣《しろたのりつぐ》って知ってるか? 最近メディアでもちょくちょく見かける話題の名探偵だ。現代のホームズだの明智小五郎《あけちこごろう》だのと言われている』

「聞いたことある。ちょっとやらせくさいなと思ってたんだけど、その名探偵が何?」

夢は時折、突拍子もない展開となる。今回もそうだろうと思いながら相槌《あいづち》を打った僕を、またも神谷は驚かせる言葉を告げた。

『うちの会社で、その城田名探偵の事件簿、という本を発行することになったんだ。城田探偵全面協力のもとでね。実際に彼が解決した事件をノベライズする。当事者のプライバシーもあるからフィクションっぽくするので執筆する作家を探しているんだ。どう? それ、やってみないか?』

「…………えっ？」

このあたりで僕は、もしかしたらこれは夢ではないのでは？　と思い始めた。

いくら突拍子もない展開、といっても、ここまで自分の想像を超え、かつ妙にリアリティがある展開が夢にあるのか、と疑問を持ったのだが、その疑問は続く神谷の言葉を聞き、あっという間に消失した。

『悪い話じゃないと思うぞ。今、結構な話題になっているしな。ベストセラー間違いなしだ』

「ベストセラー…………」

これか、と僕は思わずデイモンを見た。デイモンがニッと笑い頷く。

『どうする？　やるか？　やるよな？』

神谷がたたみかけるように問いかけてくる。

「やるやる。ベストセラー作家になってやる」

どうせ夢だ。安請け合いしてやれ。その思いから即答すると、電話の向こうで神谷が驚いた声を出した。

『あ、いや、そんな即決していいのか？』

こっちとしてはありがたいけれど、と戸惑った声を上げる神谷に、

「いいよ。どうせ夢なんだし」

と答えると、神谷が息を呑《の》む気配が伝わってきた。

『…………夢…………？』

「…………え……？」

このリアクション。まさか、と電話を握り直す。

「夢……じゃないの？」

聞いたところで夢かどうかなんてわかるわけがない。そのはずであったのに、電話越しに神谷に怒鳴られ、これが夢などではないことを思い知らされたのだった。

『酔っぱらってんのかよ、このアホがっ！　いいか？　これは夢でもなんでもない。お前に最後のチャンスをやるって言ってるんだよっ』

もしかしてこれは、本当に夢じゃないのかも――？

またも思わずデイモンを見る。彼は、仕方がないな、というような、酷く呆れた顔をし僕を見返していた。

「あの…………先輩？」

口調をいつもどおり、敬語に戻す。

「これは夢ではないんですか？」

『だから、夢じゃないって言ってるだろ？　本当にやるんだな？　やるなら上に企画上げるが、上げていいんだよな？』

「よ、よろしくお願いしますっ！　た、助かりますっ‼」

慌ててフォローに走ろうとしたが、時すでに遅し、という感じだった。

『わかった。それじゃあな』

「せ、先輩！　ごめんなさいっ！　ほんとにありがとうございますっ！」

必死に礼を言ったが、神谷は『はいはい』と電話を切ってしまった。

「…………………マジか……？」

電話を握り締めたまま、呆然と立ち尽くす。

ベタ、と思いつつ僕は自分の頬を叩いてみた。

「……いたい…………」

「それは痛いだろう。叩いたんだから」

そう言うデイモンに僕は駆け寄り縋《すが》っていた。

「夢じゃない？　本当に？」

「ああ、夢ではない。これで契約成立だ」

実に満足そうにデイモンは微笑み頷くと、僕に向かい両手を広げてみせた。

「代償はお前の魂だ。死んだ後に魂を私に渡してもらおう」

「魂……」

悪魔の契約の代償が魂。どこかで聞いたことが、と一瞬考えすぐに思いつく。

「あ、ファウスト?」

「ファウスト?　ああ、ゲーテか」

デイモンは納得した声を出したあと、

「まあ、なんでもいい」

と首を横に振る。

「契約は成立した。いいな?」

確認をとってきた彼に僕は、

「いや?」

と言い返していた。

「しないのか?」

不快そうにデイモンが顔を歪める。

「それなら今の話はなかったことに」

「いや、ちょっと待って」

再びすっと左手を上げようとする彼の、その手に僕は飛びついた。

「なんだ」

面倒そうにデイモンが僕に聞き返す。

「契約したら本当にベストセラー作家になれるのか?」

「当然」

勢い込んで聞いた僕に、デイモンがあっさり頷いた。

「その保証は？」

「保証？」

デイモンが不思議そうに問い返す。

「だって、契約したはいいけどベストセラー作家になれなかったら、話が違うということになるだろう？」

僕としては、至極真っ当なことを言ったつもりだったのに、デイモンにとっては違ったらしい。

「悪魔を疑うのか？」

憮然《ぶぜん》として問うてくる彼に、今度は僕が、

「当然」

と頷いてみせた。

「…………よろしい」

デイモンが不本意であることを隠そうともせず、頷き返す。

「同じ名前のよしみだ。お前の非礼は許してやろう」

「同じ名前？」

問い返してから、自分のペンネームのことか、と思いついた。

「レイモン……デイモン……同じじゃないけど、まあ、似てる……かも」

「だろう？」

デイモンが嬉《うれ》しそうに微笑みかけてくる。

「明日になればお前は契約をしたくなる。忘れるなよ。代償はお前の魂だ」

「魂……ねえ……？」

ファウストはぶっちゃけ、読んだことがない。だがぼんやりと話の筋は知っていた。悪魔と契約した男が現世では成功し栄光を摑むが、死ぬときになって自分の選択を悔いる、というような話じゃなかったか。

死んでも天国には行かれない。それでは魂が救われないというのだが、死んだあとの魂がどうなろうと、無神論者の僕にとっては知ったこっちゃない。だがクリスチャンにとっては違う、ということなんだろう。

そんなことを考えながらも僕は、ということはこの『悪魔』は本物なのか？　という思いのもと、にこやかに微笑むデイモンをただただ呆然と見返してしまったのだった。

2

「おい、顔色悪いぞ。まさかと思うが二日酔いか?」

翌日午後二時過ぎに僕は、神谷と共に話題の名探偵、城田典嗣の探偵事務所へと向かっていた。

「いえ……興奮して眠れなくて……」

そう言い訳はしたものの、実際のところは神谷に指摘されたとおり、朝の六時まで家中にある酒を飲み尽くしていた、その結果の二日酔いだった。

なぜそうまでして酔っぱらいたかったのか。ベストセラー作家になれる可能性が生じたことへの祝杯をあげたかった——というわけではない。自分が見聞きしたことがどうしても現実として受け止められず、それで酒の世界に逃げてしまったのだ。

僕は本当に悪魔を見たんだろうか。だいたい悪魔なんて、この世に本当に存在するのか? 神谷から最後通牒を受けたショックのせいで、精神的に危うくなってしまってるんじゃないか?

それで悪魔なんていう幻影を見た——それしか考えられないが、それならなぜ、神谷が僕に新たな依頼をしてきたのか。

偶然にしてはタイミングがよすぎる。となるとやっぱり僕は悪魔と会ったのか？　などと考えているうちにとても素面《しらふ》ではいられなくなり、浴びるほどに酒を飲んで、すべてを酔いのせいにしてしまおうとした。

いつの間にか床に倒れ込んで眠ってしまったようで、気づいたときにはそろそろ支度をしなければならない昼になっていた。

むかつく胃と重い頭を抱え、死ぬほど後悔しながらも僕は気力でシャワーを浴び、少しだけしゃっきりした頭と身体で神谷との待ち合わせ場所に向かい、今に至る、というわけだ。

「都心からは少し遠いが、いい街だよな」

話題の名探偵、城田の事務所は国立《くにたち》にあった。

国立といえば僕の通っていた高校のある場所だ。高校も駅から遠かったんだよな。そんなことを思いながら相槌を打つ。

今日は快晴で、ぎらぎらと照りつける太陽の日差しを殊更厳しく感じていた。擦《す》れ違う女性は皆、帽子や日傘で日光を遮っている。

なんとか歩いてはいるが、二日酔いのむかつきはピークに達し、身体はだるくて仕方がない。事務所が駅から遠いようならタクシーを使おうと誘えばよかった。そう後悔していた僕の横で神谷が、

「ああ、ここかな」

と足を止めた。

富士見《ふじみ》通りから一本斜めに入ったところに、少し古びた、でも小洒落《こじゃれ》た感じの三階建てのビルがある。

「……ここ……ですか？」

なんとなく既視感があった。が、ここを訪れた記憶はまったく蘇《よみがえ》ってこない。

見知った建物に似ているのかな、と思いながら僕は神谷のあとに続きビル内へと足を踏み入れた。

バリアフリーとは縁遠く、エレベーターはなかった。事務所は三階だというので階段を使ったが、普段ならなんでもないその動作が、日差しと気温でよたよたしている、しかも二日酔いの僕にとっては重労働に感じられた。

「おい、大丈夫か？」

運動不足なんじゃないか、と息一つ乱していない神谷が蔑《さげす》みの目を向けてくる。

「……す、すみません……」

ぜいぜい言いながらも頭を下げた僕を、神谷は呆れた目で見つつも、面倒見のいい彼らしく息が整うまで待っていてくれた。

「大丈夫か？」

「……はい」

返事をし、額に滲《にじ》む脂汗を手の甲で拭《ぬぐ》う。ノベライズ担当ということで紹介されるが、探偵からもっとメジャーな作家がいい、などの理由でNGが出たら、この話はなかったことにしてくれ、と道々僕は神谷に言われていた。

「電話で話した感じだと、まあ、好青年っていう雰囲気だったんだが、どうも城田先生、相当気難しいと評判なんだよ」

事前に情報を与えることで、神谷は僕が下手なことを言い、探偵の機嫌を損ねないようにという配慮をしてくれたようだ。昨夜《ゆうべ》の失礼な電話の応対で、僕なら何をしでかしてもおかしくないと思ったのかもしれない。

「探偵活動は正午から午前零時までの十二時間。それ以外の時間は何があろうと働かない。一分前でも一分後でも駄目だそうだ。下手したら一秒でも駄目なんだってさ」

「なんのこだわりなんでしょうね?」

十二時間労働は決して短いわけじゃない。が、一分どころか一秒でも駄目だという、その理由はいくら考えても——って、ムカムカクラクラして思考力はほとんどないような状態だったが——わからなかった。

どうかその気難しい探偵の先生に、気に入ってもらえますように。

一応、著作は持参した。が、神谷から、その本は探偵に請われてから渡すようにと釘《くぎ》を刺されてしまっていた。

読ませたら断られる。そう言いたいのがみえみえで、実は内心傷ついたのだが、世間的にまったく売れなかった本の作者にノベライズを担当させます、というのは出版社の人間としては言いにくいのだろうと納得もした。

「それじゃ、行くぞ」

ようやく僕がぜいぜい言わなくなったのを見越して神谷がそう声をかけてきた。

「はい」

これで僕の運命が決まる。ベストセラー作家になれるか、それとも本格的に神谷から――出版業界から『最後通牒』を突きつけられるか。

頑張らねば。僕は神谷がインターホンを鳴らす後ろで緊張に身体を強張《こわば》らせていた。

『はい』

インターホンのスピーカーから、バリトンの美声が響く。

「陽光《ようこう》出版の神谷です。城田先生、いらっしゃいますか」

『お待ちしていました。どうぞ。鍵《かぎ》は開いています』

インターホン越しに言われ、神谷が、

「失礼いたします」

とドアノブを回す。彼に続いて事務所内に足を踏み入れた僕は、外観の雰囲気そのままの、洋館風の内装をつい、物珍しさからきょろきょろと見回してしまった。

事務所というよりは、個人宅の応接間、といったほうがいい感じの部屋である。

まさに小説に出てきそうな『探偵事務所』だ。重厚な雰囲気漂うあれは、マントルピースとかいうんだったか。家具はマホガニーか？　ノベライズすることが決定したらちゃんと調べなければ、といかにも高そうな置物やら壁にかかった絵やらを見ていた僕は、神谷にそっと小突かれ、はっと我に返った。

『来たぞ』

目配せされ、慌てて部屋の奥のドアが開くのを見やる。

「いらっしゃい」

室内に現れた男のイケメンっぷりに、僕は思わず声を漏らしそうになり、慌ててその声を呑み込んだ。

城田典嗣——ここ半年ほどでいきなり脚光を浴びるようになった、稀代《きだい》の名探偵である。

彼のニュースがメディアを騒がすようになった当初、この現代に名探偵だなんてと違和感を覚えた。民間人が警察の捜査に介入するなんてアリなのか？　小説の世界じゃないんだし、と思っていたのだが、今や日本全国で城田の名を知らない人間はいないといわれるほどの活躍ぶりを見せている。

どのようにして警察捜査にかかわることになったのか。詳細は明らかにされていないものの、彼が今まで解決した事件の数々は、まさに彼の類稀《たぐいまれ》なる推理力があってこそのもので、警察も今では積極的に城田に協力を仰いでいるという話だった。

城田の写真は僕も雑誌で見たことがある。イケメンだな、と思いはしたが、実物の彼がこうも迫力ある美男子とは思っていなかった、と改めて彼を見やる。

一言で言うと、『セクシー』。これに尽きた。

男が男に対して抱く感想ではない、とは思う。でも目の前の名探偵はまさに、フェロモンだだ漏れ、といっていいほどの色気を醸し出していた。

男の僕でさえ、うわ、と思うのだ。女性が彼を前にしたら、失神してしまうかもしれない。そんな目力があると、ちょっとイタリア人っぽい、濃い眉と垂れ目がちの瞳へと視線を向ける。と、視線に気づいたのか、城田もまた僕を見た。

「……っ」

パチ、とウインクされ、うわ、と変な声が漏れそうになった。

意外にも長い睫《まつげ》に縁取られたその目は最早《もはや》、凶器だろう。目元の黒子《ほくろ》も実に色っぽい。ドキドキと胸が高鳴り、慌てて服の上から心臓のあたりを押さえ込む。

少しカールした髪もまた、イタリア人っぽかった。ジゴロ。そんな単語が頭に浮かぶ。

その髪を無造作にかき上げる仕草も決まりすぎている。長身を包むいかにも高級っぽいスーツも、そして少し崩した感じの着こなしも、まさにファッション誌から飛び出してきたよ

うな素敵なモデルそのもので、僕はいちいち彼の動作を目で追ってしまっていた。

「どうぞ、お座りください。コーヒーでも淹《い》れましょう」

にっこり、と微笑み、城田が僕らにソファを示す。

「いえいえ、どうぞおかまいなく」

神谷が僕なんかには見せたことのない、愛想のよさを前面に押し出した笑顔となり、その顔を僕へと向けた。

「コーヒーは君が淹れなさい」

「……はい」

笑顔ではあったが、目は少しも笑っていない。ぼーっとしていないで少しでも気に入られるよう、働け、という無言の圧力を感じ、僕は慌てて城田へと駆け寄った。

「はじめまして。速水と申します。コーヒーは私が淹れますので……」

「速水さん、お会いできて嬉しいな。ファンだったんですよ」

と、ここで思わぬ展開となった。いきなり城田がそう言ったかと思うとマントルピースの上から単行本を二冊、取り上げたのだが、なんとそれが僕の著作だったのである。

「え……っ」

信じられない。目を見開いたのは僕だけではなかった。

「そんな……」

馬鹿な、と言いかけてそれを呑み込んだ様子の神谷の声が背後で響く。

「ご著書にサインをいただけますか？」

「え、ええ、勿論」

にこにこと、フェロモン全開で微笑みながら城田が僕に本とマジックを差し出してくる。あまりない機会ではあるが、書店に配布する等で本にサインをする際、僕はいつも油性マジックを使っていた。

速乾性があるからなのだが、今城田が僕に渡そうとしているのもそのマッキーで、まさか知っているのか、と思わずまじまじとペンと、そして城田の男くさい美貌《びぼう》を見やってしまう。

「サインはこのペンでよろしかったですよね？」

やはり知っていたようで、城田に確認され、僕はますます驚き、気が動転してしまっていた。

「立ったままでは書きにくいでしょう。さあ、お座りください」

導かれるままにソファに腰を下ろす。と、ここで神谷がおずおずと口を挟んできた。

「そ、それならコーヒーは私が……」

「お願いします。バックヤードにコーヒーメーカーがありますから」

神谷のほうを見ようともせず、城田がそう告げながら僕の隣に腰を下ろした。

「僕の名前も入れてもらえますか？」

「も、勿論です」

答えてから本を開き、表二——表紙の裏だ——にペンを走らせようとした僕は、城田の名を確認しようと彼を見た。

「あの、城田先生はご本名でいらっしゃいますか?」

「え? ……ああ……」

と、ここで城田はなぜか、少しがっかりした顔になった。

何かマズいことを言ったか、と腋を冷や汗が流れる。

「本名です。高校時代からずっと」

次の瞬間、城田は気を取り直したように微笑みそう告げてきて、僕の冷や汗は一気に引っ込んだ。

「そうですか」

これはジョークのつもりなんだろうか。笑ったほうがいいのか? でも万一、真面目に言ってるんだとしたら笑ったら失礼になるか。

どうしよう、と迷った挙げ句僕は話題の転換を試みた。

「高校はどちらだったんですか?」

「国立《くにたち》高校です」

なぜかここで城田の顔が期待に輝く。

「国高《くにこう》？」

国立高校なら一緒じゃないか。そう言おうとして僕は、神谷が待ち合わせ場所で見せてくれた城田のプロフィールを思い出した。

確か彼と僕は同い年なのだ。大学は一橋《ひとつばし》と書いてあったが、高校名が書いていないので同級生とは知らなかった。

国高は三年間クラス替えがないので、同級生といっても顔も知らない生徒はたくさんいる。とはいえ、こんなハンサムなら話題にもなっただろうに、とまじまじと顔を見やる。

「あの……」

ますます城田の眼差《まなざ》しに期待感が高まったのがわかった。頬が紅潮し、目が潤んできらきらと輝いている。

いやー、いい男だわ。僕が女なら確実に恋に落ちるレベル。そう思いながら僕は、自分も国高出身だと明かすことにした。

「偶然ですね。僕も国高だったんです。確か同級生ですよね？」

「………っ」

ここで城田が息を呑む。

「？」

この沈黙は、と戸惑いを覚えていたところにちょうどいい——んだか悪いんだかわからないが——タイミングで神谷がコーヒーを盆に載せ登場した。

「お待たせしました。速水君、サインは終わったかい？」

「あ、すみません。これからです」

僕は慌ててペンのキャップを取ると、

「お名前、入れますね」

と城田を見た。

「あ、はい」

城田がはっとした顔になり、頷く。

「?」

なんだか急に元気がなくなった気がする。そう思いながらも僕は『城田典嗣様』という彼の名を記したあとに、サインとは名ばかりの、自分の名を縦書きに書いた。

日付を入れ、もう一冊、と、また『城田典嗣様』と書いたときに、あれ？ と既視感を覚えた。

この名前。なんだか馴染《なじ》みがある。

マスコミで散々見聞きした名前ではあるが、実際こうして自分の手で書くと、なんだか前にもこの名前を書いたような気がしてきたのだ。

サイン会——なんて今までやってもらったことない上に、サイン会どころか直接読者からサインを求められたことなど一回もないので、当然そんな場ではない。

となると？　いつだ？　と考え込みそうになっていた僕は、神谷が会話を始めたのに現実へと引き戻された。

「しかし城田先生が速水君の……失礼、速水先生の読者でいらしたとは。驚きましたよ」

「読者……というより、熱烈なファンなんです」

コーヒーの礼を神谷に言いながら、城田が僕に熱い眼差しを向けてくる。

「あ、ありがとうございます」

本、どうぞ、と二冊を重ねて渡すと、城田はそれを胸に抱かんばかりにして喜んでくれた。

「こちらこそ、本当にありがとうございます。この二冊はもう、僕の宝物です」

「いや、それほどでも……」

僕が謙遜するならまだわかる。が、この言葉を告げたのは神谷だった。

「…………」

酷いじゃないか、とつい恨みがましい視線を向けてしまうと、神谷はしまった、という顔になり、許せ、と目で謝ってきた。

「トリックにせよ、人物描写にせよ、これほどの名作はないと思います。三冊目を楽しみにしているのですが、いつ頃出版されるのでしょう」

きらきらと目を輝かせ、尋ねる城田を前に、神谷は困り果てた顔になった。

「あの、ですね。その三冊目がその……」

と、ここで、彼は思いついたらしい。

「三冊目は城田先生のご活躍をノベライズしたものとなります」

「残念。速水先生の新作を楽しみにしていたのですが」

城田を喜ばせようとして告げただろうに、当の城田は心底がっかりした様子で肩を落としてしまった。

「あ、いや、ですから、その……」

なんとかフォローを、と神谷が僕に目配せする。

「ノ、ノベライズってやったことがないので、とても楽しみです。先生のご活躍を一人でも多くの読者に知ってもらえるよう、頑張ります」

フォローなんてどうすりゃいいんだ、と思いながらも、喜ばれそうな言葉を選んで口にする。と、僕の狙《ねら》いはめでたく当たったようで、城田は嬉しげな顔になり、僕に手を差し伸べてきた。

「速水先生とのコラボレーションですね。嬉しいです。あなたとの共同作業をこうも早いタイミングで実現することができて」

「はあ……?」

共同作業だなんて、知り合いの結婚式で見たウエディングケーキの入刀のとき以外、初めて聞いたぞ。そう思いながら僕は、本当に嬉しそうにしている彼の手を、握手ということだろうな、と握り締めた。

「よろしくお願いします」

ぎゅうっと手を、しかも両手で握られ、熱く言葉をかけられる。

「こ、こちらこそ」

勢いに呑まれるというかなんというか。リアクションに困り僕は愛想笑いを返しつつ、痛いほどに握られた自分の手を見やった。

「それではノベライズの件は速水君で……失礼、速水先生でご了承いただけたと」

何度も言い間違えるなよ、と内心突っ込みながら僕は、神谷が僕以上の愛想笑いを浮かべ城田に問いかけるのをちらと見やった。

「勿論です。逆に速水先生でなければお受けしません」

きっぱりと断言した城田が、言葉の強さそのままにまた、僕の手をぎゅっと握る。

痛いんですけど。声に出したわけではなかったが、顔には出てしまったのか、城田が慌てて僕の手を離した。

「し、失礼しました」

「いえ……」

紅い顔で謝る。そんな表情もやたらとセクシーだ。たとえば欠伸《あくび》をしても、口を半開きにして眠りこけていても、セクシーな美男はセクシーなんだろう。

そんなことを思いながら僕は手を引っ込め、期待に胸を膨らませている様子の城田と、同じく期待感に満ちた眼差しを僕へと向けてきていた神谷をそれぞれに見返した。

「早速、速水先生と打ち合わせに入りたいのですが、このあとお時間ありますか？」

城田が勢い込んで問いかけてくる。

「え、ええ」

三冊目が没になった僕には、時間は無限大といっていいほどにある。頷くと城田は、

「ありがとうございます」

とまたもセクシーに微笑んだ。

「それなら早速、ファイル等を見ていただきましょう」

城田はそう言うと、ちら、と神谷へと視線を向けた。

「神谷さん、お疲れ様でした。今日は速水先生をお連れくださりありがとうございました」

「え？　あ、いえ」

神谷はきょとんとしていたが、すぐ、帰れと言われているのを察したようだ。

「お二人のご縁を取り持てて、編集者としてはいい仕事ができたと思います」

そう言いながら立ち上がると、僕に、頼んだぞ、と目で合図をして寄越した。

任せてほしい。大きく頷く僕の胸には今、やる気がこれでもかというほど溢《あふ》れていた。

生まれて初めて僕のファンに会った。しかもそのファンは稀代の名探偵なのだ。名探偵にトリックを褒められるなんて、我ながら凄《すご》い。いろいろ疑問に思うところはないではなかったが、僕は今、すっかり浮かれてしまっていたのだった。

僕に対してここまで好意的な城田であれば、ノベライズにも協力的であるに違いない。成功は約束されたも同然だ、と今度は僕が期待感に満ちた眼差しを城田へと向けていた。

「それでは私はこれで失礼します」

深く頭を下げる神谷を前に、城田も立ち上がり、彼を見送る。

「ありがとうございました」

「ありがとうございます、神谷先輩」

僕もまた立ち上がって神谷に頭を下げた。

「それじゃあ、書庫に行きましょう」

神谷が出ていくと城田は僕の肩を抱き、事務所の奥の扉へと導いた。

馴れ馴れしいなと思わないでもなかったが、文句を言うようなことでもないのでそのまま従う。

「書庫があるんですか？」

奥の部屋がそうなんだろうか。そう思いながら僕はドアを開こうとする彼を見上げた。

「書庫というか、バックヤードですね。普段はここで仕事をしています」

言いながら城田がドアを開く。

「へえ」

書庫というだけあって、天井まである本棚が何本も並んでいる。その部屋に足を踏み入れた途端、不意に目の前に現れた長身に、僕は驚いたために思わず大声を上げていた。

「なんでーっ⁉」

なんでお前が、と啞然とする僕に向かい、本棚に寄りかかりつつニッと笑いかけてきたのはなんと――。

「どうだ？　契約する気になっただろう？」

昨夜、僕にあれだけ深酒させることになった張本人、現実の存在とはとても思い難い悪魔のデイモン、その人だった。

「『なんで』とは、なんだ、お前はまだわかっていないのか」

デイモンが呆れた顔で僕に声をかけてくる。

「わかってないって？　え？」

何がなんだかわからない。その上、隣から城田の戸惑った声が聞こえてきたのに、ますます僕はパニック状態へと陥った。

「ちょっと待ってください。デイモンさん、どういうことです？　あなた、速水君にも契約を持ちかけたんですか？」

「え？　ええ？」

　契約って？　唖然としていた僕の視線に気づいたのか、城田があからさまに動揺した様子となり、いきなり僕に対して言い訳を始めた。

「いや、違うんだ。速水君。誤解しないでくれ。僕は何も、その、君をすぐにもどうこうするつもりは……」

「僕を？　どうこう？」

　さっぱり意味がわからない。眉を顰めて問い返すと、今までの堂々とした素振りはどこへやら、城田があわあわと更にわけのわからないことを言い始める。

「違うよ？　違うんだよ？　僕はそんな疚《やま》しいことは何も考えていない……いや、その、考えないわけじゃないけど、ほら、ものには順序というものがあるだろう？　ねえ、デイモンさん」

「…………」

　いきなり話を振られたデイモンが目を見開き僕を見る。二人して首を傾《かし》げ、城田を見ると、城田は、

「ああ」

　どういうわけかその場で頭を抱え、蹲《うずくま》ってしまった。

「えーと？」

彼はどうしたのでしょう。それを知りたくてデイモンへと再び視線を向けると、デイモンは尚も首を傾げてみせたあと、気持ちを切り替えたのか、

「ともかく、だ」

と強引に話を自分のほうへと持っていった。

「お前の欲しがっていた『証明』がこれでできただろう？」

「え？　どれが？」

素でわからず問い返す。と、デイモンはこの上なく呆れた顔になった。

「お前は馬鹿か」

「失敬な」

いきなり馬鹿扱いとは、とむっとすると、

「作家とは思えない想像力のなさだ」

更にむっとすることをデイモンは言い、すっと左手を上げ城田を指差した。

「証拠は彼だ。彼も私と契約を交わし、『稀代の名探偵』の地位を手に入れたのだ」

「えーっ」

勝ち誇ったように言い切ったデイモンを前に僕は再度大声を上げてしまい、またもデイモンに、

「うるさい」

と注意を受けることとなった。

「すみません」

確かにうるさかった。素直に詫《わ》びるとデイモンはにっこり笑って「よろしい」と頷く。

「わかればいいのだ。さあ、早く契約を」

にこにこと微笑みながらデイモンが僕に歩み寄ってくる。

「ちょっと待った」

やはりまだ納得できない。それで僕はデイモンに向かい、右手をかざした。

「なんだ。何を躊躇《ためら》っている」

デイモンの顔から笑みが消え、むっとした口調で彼が問いかけてくる。

「稀代の名探偵になったのがあなたとの契約の結果だとは限らないんじゃないですか?」

「なんだと?」

「え?」

僕の言葉にデイモンだけでなく、当の城田までもが疑問の声を上げた。

「どういうことだ」

「だから名探偵になったのは、もともと城田さんに素質があったから、という可能性だってあるでしょう?」

またも僕は、自分では真っ当なことを言ったと思うのに、デイモンと城田、二人から、

「いやいやいや」

「ないないないない」

と否定されてしまった。

「てか、城田さん、あなたがなんでそこまで否定するんです?」

ここは嘘《うそ》でも『その可能性もあるかな』くらい言いましょうよ、とつい非難の声を上げると、城田は見るからにしょぼん、となってしまった。

「……すみません……」

「……あれ?」

僕の頭の中で、チカ、と微《かす》かな光が瞬《またた》いた。

なんとなく既視感があるその姿――でも、思い出そうとしても、これ、というものが何も浮かばない。

「…………なんとも。気の毒な話だ」

ここでなぜかデイモンが、呆れた――というよりは、言葉どおり同情的な表情をし、僕を、続いて城田を見た。

「え?」

気の毒なのは僕か? それともまさか城田か? 意味がわからない。と首を傾げる。

「仕方がない。よく見ていろ」

デイモンがそう言ったかと思うと、いきなりすっと左手を上げ、天を指差した。途端に稲妻が光り次の瞬間、部屋が真っ暗になる。

まだ昼過ぎだ。窓からは陽光が差していたはずだが。そう思い周囲を見回したときにはもう、室内の明るさはもとに戻っていた。

今のはなんだったんだ、と唖然としつつ再度室内を見回した僕は、目に飛び込んできた光景に驚愕《きょうがく》したあまり、デイモンに注意を受けるとわかっていたにもかかわらず、またも大声を上げてしまったのだった。

「なんでーっ⁉」

「うるさいと言うに」

予想どおり、注意を促してきたデイモンの傍らで蹲っているのは、稀代の名探偵――セクシャルな美男子の城田、のはずだった。

なのに僕が今、目にしている彼はセクシーとはほど遠い、いかにも気弱そうな黒縁眼鏡《めがね》の冴《さ》えないオタク風の男で、あまりのギャップに僕は再度、

「なんでーっ⁉」

と大きな声を上げてしまった。

「『なんで』ではない。これが彼の真の姿だ。見覚えがないか？」

もう注意をするのにも飽きたのか、デイモンが顎《あご》をしゃくって城田を示す。

「見覚え?」

まじまじと見つめると城田はおずおずとした様子で僕を真《ま》っ直《す》ぐに見返してきた。

「…………いや?」

ないと思う。首を傾げた僕の前で、城田が絶望的な顔になる。

「……お前の記憶力には問題があるんじゃないか?」

横からデイモンが、更に呆れた声を出し肩を竦めてみせた。

「え?」

「同級生だろうが。高校の。まったく覚えてないのか?」

「うん」

同級生だとはさっき気づいた。だがこれほどのイケメン、覚えていないわけがない。

そう思った次の瞬間、

「あれ」

今、僕が見ているのは『これほどのイケメン』ではないか、と気づいた。

凝視し、なんとなく、見覚えがあるような——やっぱりないような、と首を傾げる。

「同じクラスにはいなかった……けど?」

クラブにも部にもいなかった。修学旅行でも交流がなかったと思う。

それならどこで——?

「ヒントをやろう」

仕方がない、というようにデイモンが口を開く。

「お前は何委員だった？」

「覚えてないよ。そんなの」

言ってから、そういえば、と古い記憶が蘇る。

「図書委員だった。一番楽そうだったのと、自分が好きな本を本棚に追加できるから」

三年間で二十冊くらい、読みたかったミステリーを追加した。新作を誰より早く読める特権も図書委員ならではのものだった。

そうそう、そうだった、と思い出しはしたが、城田とは繋《つな》がらない。更に首を傾げるとデイモンは、はあ、と大きな溜め息をついた。

「……お前、本当に望みなしだったのだな」

言葉をかけた相手は城田だ。

「……だから……」

城田は何かをデイモンに言いかけ、はっとしたように口を閉ざした。

「な、なんでも……」

ないです、とごにょごにょと口籠る城田を前に、デイモンが呆れ果てた顔になる。

「……あれ？」

ぼそぼそした喋《しゃべ》り方。おどおどした素振り。ダサい黒縁眼鏡。

「……あれあれ？」

記憶の底の底から、微かな面影が蘇ってくる。

『あの、これ、借りたいんですけど……』

僕がカウンター当番のときによく来た、常におどおどと声をかけてきた黒縁眼鏡。

彼が借りようとしていたのはいつも、僕が仕入れたばかりのミステリーの新作だった。

僕が読み終わった直後にいつも彼が借りていた。貸し出しカードに書かれた名前は確か——。

『城田典嗣』

「あーっ!!!」

そういやそうだった。思い出した僕の口から、またも大きな声が漏れる。

「だからうるさいというのに」

今回もきっちり注意してきたデイモンだったが、ようやく思い出したのかという顔になっている。

思い出せるわけがないんだよなと僕は、事務所を訪れたときとはまるで違う城田の姿を見やり、未だに信じられない、と深い、海よりも深い溜め息を漏らしてしまったのだった。

3

翌日、僕は昼の十二時に城田の事務所を訪れた。

「お邪魔します」

「やあ、待っていたよ」

にこやかに僕を出迎えた城田は、僕が最初に事務所で会ったときの、あのセクシーダイナマイツで美形な彼、そのものだった。

「……どうも……」

とても信じられない。あの冴えなかったオタク風の男が今や時代の申し子とも言われる名探偵だなんて。

それがデイモンとの契約によるものだったなんて、とつい、まじまじと城田の顔を見てしまう。

「いやだな。そんなに見られると、おかしな気持ちになってしまう」

ふっと笑い、肩を抱こうとする城田に、

「そういうの、マジでいいんで」

と言い捨て、すたすた事務所内へと入る。

「コーヒーでも飲むかい？」

あとを追ってきた城田がまた肩を抱こうとするのを、

「あ、じゃあお願いします」

と追い払うと僕は、本当に信じがたい、と天を仰ぎ、溜め息を漏らした。

昨日、城田もまたデイモンと『契約』をしていたと知らされ、驚愕させられたあと、デイモンはしつこく僕に『契約を』と持ちかけてきた。

「いい加減に観念しろ。お前にもさすがに私の力がわかっただろうが」

「いやー、まだまだ」

ぶっちゃけ、あの眼鏡の冴えないオタクをセクシーナンバーワン美男に変えた、その力は凄いと思う。が、だからといって契約するのは、まだ躊躇われた。

「どうして」

不機嫌になるデイモンに、

「だって」

と僕も負けじと口を尖《とが》らせる。

「確かに城田さんの変化は凄いけど、彼が『名探偵』だっていう現場をまだ見ていないし」

それを見たら信用する。そう告げるとデイモンは、

「わかった」

と大きく頷いた。

「名探偵ぶりを見せれば契約するんだな？」

「ああ」

「男に二言はないな？」

「多分」

「『多分』では困るのだ。約束しろ」

そんなやりとりがあったあと、デイモンは当事者である城田をまったく無視した形で、明日、十二時に事務所に来い、と告げたのだった。

「名探偵ぶりを見せてやる」

「……わかった」

返事をしたものの僕は、実のところ半信半疑といったところだった。

確かに城田の変化は魔法みたいではあるが、彼が名探偵であるのはデイモンの力ではなく、城田本人の潜在的な能力によるものではないかと思ったためである。

そう思うようになったきっかけは、デイモンが高校時代そのままの城田の姿を見せてくれたおかげで、遠い昔の記憶が蘇ったせいだった。

高校二年の秋、図書館で盗難事件が起こった。その日、僕は委員会があってカウンターにはおらず、当番の一年生女子が監視していた。

が、彼女は翌週に迫った期末試験のことで頭がいっぱいで、監視しなければならなかった立場でありながら、カウンターの内側でずっと英語の教科書を開いていた。

事件が起こったのは間もなく図書館が閉まるという、午後五時近くだった。

『財布がないっ』

図書館で受験勉強をしていた三年生が騒ぎ出したのだ。

三年生がトイレに行ったその間に、鞄《かばん》の中から財布が消えていたという。

すぐに先生が呼ばれ、ちょうど委員会が終わった僕も、騒ぎを聞きつけ慌てて図書館に駆けつけた。

『先輩、ごめんなさいっ』

図書委員の一年生女子は、勉強に集中して少しも図書館内を見ていなかった。泣きながら詫びる彼女を僕は、

『泣かなくてもいいから』

と慰めていたのだが、正直、困ったことになったと頭を抱えてしまっていた。

図書館にはそのとき、十数名の生徒がいた。その中に城田もいたのだが、いよいよ警察に届け出るしかないとなったとき、その城田が、

『あのお』

と手を挙げたのだ。

『財布なんですけど、こんなに人目がある場所で盗むのは、かなり難しいんじゃないかと思うんです』

『でも現に盗まれたわけで……っ』

三年生が主張するのに、城田は、

『それなんですが』

と、おどおどした態度ながら主張し始めたのだった。

『そもそも、先輩はどうして今、財布がないと気づいたんですか？』

『帰る前に自販機でジュース買おうとして、それで気づいたんだよ』

『では、図書館に来たときに財布があったかどうかは、確かではない……そういうことですよね？』

『え？　あ、ああ……』

先輩が戸惑いながらも頷くのに、たたみかけるようにして城田が問いかける。

『先輩、財布を最後に認識したのはいつですか？』

『昼休みかな。購買でパンを買ったから』

『そのあとは？』

『勿論鞄に…………あ』

ここで三年生が、何かに思い当たった顔になった。

『鞄にしまおうとしたんだけど、ちょうど友達が、貸した金を返せと言ってきて……

言いながら先輩は立ち上がり、その場にいた先生に深く頭を下げた。

『ごめんなさいっ！　財布、多分机の中にありますっ！』

『ええっ？』

先生は仰天したものの、すぐさま三年生と共に彼の教室へと向かい、そこで財布を発見した。

結局、盗難事件ではなかったので、今の今まですっかり忘れてしまっていた。しかも解決に導いたのが城田だったなんてことは、まったく覚えていなかった。

それを思い出したのも、昨日の城田の激変を目の当たりにしたからだ。

情けないとしかいいようのない城田の姿があまりにインパクトがありすぎて、それで高校時代の彼を思い出した。

同時に、こんな冴えない男が、よく気づいたものだ、と驚いたことも思い出した。しかもその『冴えない男』は、常に僕が仕入れた本を一番に借りる男だった。

それだけのことがあれば普通なら印象に残りそうなものなのだが、いかんせん、印象に残るには城田は地味すぎた。

その彼が今や稀代の名探偵になっている。デイモンの力は大きいかもしれないが、もともと素養があったから、という気がしないでもない。それが僕の契約への躊躇《ちゅうちょ》の理由だった。

果たしてデイモンの力が本物か。それを見極めてやろうじゃないか。よし、と拳《こぶし》を握り締めたそのとき、

「コーヒー、入ったよ」

コーヒーを盆に載せ、城田が再び登場した。

「どうぞ。君のために今日は特別、とっておきのコーヒーを淹れた」

「とっておき？」

「トラジャだ」

得意げな顔になった城田に、コーヒーにはまったく明るくない僕は、

「はあ……」

と、気のないリアクションしかとれなかった。

「美味《おい》しいよ。飲んでごらん」

だが城田は挫《くじ》けず、僕にコーヒーを勧める。

「美味しいです」

一応そう言いはしたが、明るくないという以上にコーヒーをあまり好きではない僕て、トラジャコーヒーのありがたみはほとんどわからなかった。

「お気に召さなかったかな」

城田ががっかりした顔になり問いかけてくる。

「ええと……」

『コーヒーは苦手なんです』

その一言が言えれば苦労はない。せっかく淹れてくれたものを、という気遣いから僕は口を閉ざしたのだが、表情から城田には僕の心を読まれてしまったようだった。

「……そうなのか……」

がっかりした様子の城田は、昨日見た情けないヴァージョンの彼に近い気がしたが、そのときインターホンが鳴り響いたのだった。

「依頼人だ」

瞬時にしてまた、セクシー全開のイケメンとなった城田がインターホンへと向かっていく。

「はい、どちら様？」

『あの、田中《たなか》です。十二時十分予約の……』

インターホンの向こうから気の弱そうな男の声が聞こえてきた。駆け寄り、カメラを見ると声のとおり、気弱そうな眼鏡の青年が立っている。

「どうぞお入りください。鍵はかかっていませんので」

城田に言われ、田中と名乗った男は『はい』と返事をするとカメラの前から消えた。同時にドアノブが回り、今、画面越しに見ていた彼が室内に姿を現す。

「こ、こんにちは」

「どうぞお入りください」

にこやかに応対する城田に、おどおどしていたあの冴えないイメージはまるでない。

「速水君、コーヒーを淹れてもらえるかい？」

おどおどどころか、僕を助手のように扱う図々しさまで持ち合わせていた彼に、驚きを感じながらも僕は、お手並み拝見、と言いつけに従うことにした。

コーヒーを淹れるといっても、すでにコーヒーメーカーで作ってあったので、それを二つのカップに淹れ、砂糖やミルクと共に盆に載せて接客スペースへと戻る。

「どうぞ」

まだ依頼話は始まったばかり——というより、田中が話すのを躊躇しているらしく、室内には沈黙が流れていた。

「ありがとう」

にっこり、とフェロモンだだ漏れの笑顔を向けてきた城田が、田中に僕を紹介する。

「助手の速水君です。彼も調査にかかわりますので、どうぞ遠慮なくお話しください」

城田がにこやかに微笑みながら田中を促す。

「……はい……」

田中は項垂《うなだ》れ返事をしたあと、一分間、逡巡《しゅんじゅん》するように黙り込んだ。

その間に城田はゆったりした動作で僕が淹れたコーヒーを飲んでいた。

美味《うま》い、と声に出さずに言い、満足げに頷いてみせる。

そんなに美味しいのなら、田中にも勧めてやればいいのに。じっと俯く田中を僕は密《ひそ》かに観察し始めた。

年齢は僕とそうかわらないように思う。二十四、五じゃないか。

スーツを着ているからサラリーマンだろう。イメージとして理系。コンピューター会社勤務というところだろうか。

ぼさぼさの髪。流行を追っていない服装。ダサいといってもいい眼鏡。しかし顔立ち自体は悪くない。

悪くないどころか、それなりに髪型を整え、今風の格好をすればかなりイケてる部類なんじゃないかと思う。

美少年がそのまま美青年になったような、そんな感じだな。

つらつらとそんなことを考えていたのだが、そのもと美少年、今美青年が思い詰めたように顔を上げ、

「あのっ」

と声を発したのに、はっと我に返った。

「はい」

城田がにっこりと、それは優しげに微笑み田中の顔を覗き込む。

田中の頰が見る見るうちに紅くなっていくのがわかった。

タラシめ——きっと本人、意識しまくっているに違いない麗しい笑みを横目に、よくやるよ、とこっそり肩を竦める。

「……あの……」

「大丈夫。探偵には守秘義務がありますからね。もしお望みでしたらあなたの依頼は私の胸の中だけに秘めておきます。しかし」

ここで城田は一旦《いったん》言葉を切り、大仰にも感じる口調で話を再開する。

「あなたが犯罪者を摘発したいというのなら、そのように。あなたの思うがまま、望むがままの結果をお約束しましょう」

やけに芝居がかっているな、と呆れたのは僕だけだったようで、田中は感動している様子で、

「城田さん……っ」

と城田に縋りつかんばかりの目になっている。

これはこれで、依頼者には効果的ってことだろう。一種のパフォーマンスなのかもな。そう思いながら僕は、田中がようやく喋り出した、その内容に耳を傾けた。

「僕の兄が先日、自殺をしました。遺書もあったのですがその内容が、その……問題となっ

て、警察も介入しました」

「それは……ご愁傷様だったね」

城田が同情的な声を出す。おざなりではなく心底同情している様子を見て、僕は、さすがプロだ、と心の中で舌を巻いた。

「それで、遺書にはなんと書いてあったんだい？」

「遺書には……」

ここで一瞬、田中は言いよどんだものの、もう覚悟ができているのか、比較的早いタイミングで再び口を開いた。

「真壁《まかべ》さんを……真壁さんというのは兄の親友なんですが、真壁さんを殺したのは自分だと……。その罪を悔いて自ら命を絶つと書いてありました」

「えっ」

考えていたよりハードな内容に、思わず僕の口から声が漏れる。

途端に、じろ、と城田に睨まれ、いけない、と僕は首を竦めた。

「真壁さんという方は本当に亡くなっているんですよね」

「はい」

城田の問いに田中は頷いたあと、

「……でも」

と言葉を足した。

「真壁さんという人も自殺扱いで捜査が終了するところでした。そこに兄の遺書が出てきたものだから、再捜査になったんです。でも……でも、兄は殺してなんていません。兄は人を殺せるような人間では絶対にないんです」

「……ではその遺書は偽物だと？」

城田が真っ直ぐに田中を見つめながら尋ねかける。

「はい。偽装だと思います。きっと誰かが兄の筆跡を真似《まね》て偽の遺書を書き、兄を殺したんだと思うんです」

「殺したっ??」

なんて物騒な。驚いたせいで思わず声が大きくなった。

「んんっ」

城田が咳払《せきばら》いをし、僕を睨んだあとに、打って変わった優しげな笑みを田中に向け、問いかける。

「君はお兄さんが殺されたと思っているんだね。そしてその調査を僕に依頼したいと」

「そうですっ！　名探偵の城田先生ならきっと兄の死の真相を究明してくださるんじゃないかと思ってて」

田中が立ち上がったかと思うと、唖然としている僕の前でいきなりテーブルを回り込んで城田に駆け寄り、彼の膝《ひざ》に縋って号泣し始めたものだから、僕はもう仰天してしまって、ただただ声を失った。

「お願いです、先生、兄の……兄の無念を晴らしてやってください……っ！　殺人犯の汚名を着せられただけではなく、殺されてしまった兄の無念を……っ」

泣きじゃくる田中に驚いているのは僕ばかりで、城田はそれは優しい手つきで彼の背を撫《な》でながら、またも僕が大声を上げるほどに驚くべき——というより呆れるようなことを言い出した。

「任せなさい。僕を誰だと思っている。正義の味方の名探偵だ」

「自分で言うかっ⁉」

思わず叫んだ僕を、じろり、と城田が睨む。

「助手は黙ってなさい」

睨んだばかりか注意までしてきた彼に、だって普通、呆れるでしょうと言い返そうとした僕が声を発するより前に、田中の感極まった声が響き、僕から言葉を奪っていった。

「頼もしい……っ！　なんて頼もしいんだっ」

「え」

頼もしいか？　と疑問を覚えた僕にかまわず、田中が感涙に咽《むせ》びながら尚も城田に縋りつく。

「先生、どうか……どうかよろしくお願いします」

「任せなさいと言っただろう。ああ、もう泣かないで」

「…………」

マジか。これは。芝居の一幕かコントの一シーンだと言われたほうがまだ納得がいく。

そう思いながらも僕は、兄を亡くしたという田中に同情しつつも、その死の真相を果たして城田はどのように解明していくのだろうという好奇心を抑えられなくなっていた。

田中がようやく落ち着きを取り戻し、城田の質問に答えられるようになったのはそれから三十分も経《た》ってからのことだった。

質問内容は、亡くなった田中の兄の勤務先や友人関係と、兄の遺書にあった真壁という人物の人となりや人間関係、そして名前が出た人物の連絡先等、事務的な内容が多かった。

「お任せください」

知りたいことはすべて聞き終えたのか、それから十分後に城田はにっこり笑ってそう言い、大きく頷いてみせた。

「それなら……っ」

田中が弾んだ声を上げる。依頼を引き受ける。その返事を期待してのことだろう。僕も当然、城田はそう告げるのだと思っていた——のだが、予感は当たったものの、城田の発言はそのはるか上をいくものだった。

「解決してみせましょう。これから十二時間以内に」

「ええっ」

驚きの声を上げたのは僕ばかりで、田中はますます感激した表情となり、

「ありがとうございますっ」

と深く頭を下げている。

「じゅ、十二時間……？」

時計を見ると、針は十二時五十分を指していた。

「正確には十一時間十分ですね」

僕の視線を追ったのか、城田もまた時計を見上げ、更に所要時間を短く申告する。

「早速調査にかかります。結果が出たらご連絡しますので」

「よろしくお願いしますっ」

にこやかにそう告げ立ち上がった城田に、田中もまた立ち上がり、何度もお辞儀をしたあと、明るい表情のまま事務所を出ていった。

「さて」

バタン、とドアが閉まった瞬間、城田が呟き、再びどさりとソファに腰を下ろす。

「速水君、コーヒー、淹れてもらえるかな」

「のんびりしてていいんですか？　十二時間……じゃない、十一時間十分で解決するんでし

よう？」

大丈夫なのか、と他人事《ひとごと》ながら心配になりそう言うと、城田は、あれ？　という顔になった。

「君は知らないの？　僕の探偵スタイル」

「知りません」

知るわけがない。即答すると城田は一瞬傷ついた顔になったものの、すぐ気を取り直した様子で口を開いた。

「僕のスタイルはね、早期解決。どんな難事件でも十二時間で解決してみせる――そういうものなんだ」

「無茶言いますねー」

思わず言い返してから、そういえば、と以前、彼が事件を解決した際のワイドショー特集を思い出した。

『何より凄いのは、城田探偵のスピード解決ぶりです。すべて十二時間以内で解決すると豪語され、そして実現なさっている』

『凄いですねーっ！　十二時間っていったら一日かからないってことですよっ』

コメンテーターの驚きっぷりが馬鹿っぽかったことは覚えていたが、『十二時間で解決』部分は忘れていた。あれはハッタリじゃなくて事実だったのか、と城田を見る。

「何？」

にっこり、と城田が目を細めて微笑む。どきりとしてしまうほどセクシーではあるが、それに見惚れている場合ではなかった。

「『何？』じゃないですよ。本当に十二時間で解決なんてできるんですか？　一日もないってことですよ？」

言ってることは僕が馬鹿っぽいと思ったコメンテーターと同じになってしまっている。だがその反省をするより前に城田が更に僕を驚かせることを言い出した。

「十二時間もかからないよ。五時間程度で済むんじゃないかな」

「五時間〜??」

更に無茶を、と啞然とする僕に城田は、

「そういうことだから。まずはコーヒー」

と微笑んだあと、やっぱり、と何か思いついた顔になった。

「なんです？」

さすがに出かける気になったのか、そう思い問いかけた僕に『出かける』は『出かける』でも信じ難いことを城田が言い出す。

「お昼だからね。昼食、どうする？　外に食べに出ようか」

「いいのか？　本当にいいのか？」

なんでそんなに呑気《のんき》でいられるんだ。呆れ果てた僕に城田はパチリと、それは魅惑的なウインクをしてみせたあと一言、

「僕は名探偵だからね」

そう告げ、なんたる自画自賛、とますます呆れさせてくれたのだった。

4

国立駅近くの、なぜか昼から焼き肉店に僕を連れて入った城田は、昼の定食ではなくいきなり、

「タン塩と特上カルビと……ああ、キムチとカクテキ、ナムルもかな」

とオーダーをし始め、僕をますます啞然とさせた。

「ビールは……さすがにマズいよな」

「マズいなんて問題じゃないでしょう」

ふざけるな、と言いたいところをぐっと堪え、腕時計を見やる。

時刻は間もなく一時半を回ろうとしていた。半日で解決すると言っていたが、何もしないうちにどんどん時間だけが過ぎていく。

本気で解決する気があるんだろうか。あれだけ感謝されておいて『やっぱり無理でした』とは言えないと思うが、と、早速肉を焼き始めた城田を前に、僕は深く溜め息を漏らしてしまった。

「本当に大丈夫なんですか」

「心配しないで。食べ終わったらちゃんと吉祥寺《きちじょうじ》に向かうから」

さあ、どうぞ、と焼けたタン塩を僕に取り分けてくれながら、城田がにっこりと微笑む。

「吉祥寺……ああ、被害者の真壁の家ですね」

「そう。段取りはつけてある」

「段取り？」

次々と肉を焼いては取り分けてくれる城田に、そんなに食べられませんから、と皿を引っ込めつつ確認をとる。

「ああ。警視庁の小鳩《こばと》ちゃんに頼んだ」

「小鳩？」

伝書鳩？　まさか、と首を傾げたそのとき、いきなり背後で「待ち合わせですから」という野太い男の声が響いた。

「やあ、鳩村《はとむら》さん」

城田が笑顔で右手を上げる。

「え？」

鳩村——小鳩ちゃん？

連想し振り返ったところには『小鳩』どころか、大鷲《おおわし》、どころか熊としか思えない、いかつい男が満面の笑みで立っていた。

「焼き肉ですか。いいですねえ」

鳩村は遠慮の欠片《かけら》もなく僕らのテーブルに座ると、店員のお姉さんを振り返り、

「すみません、勤務時間中なのでウーロン茶」

と注文を告げた。

「鳩村さんはロース好きだっけ。オーダーしてないけど」

「いえいえ、昼飯は食ってきたんで」

和やかな会話が続いていたが、昼食は済ませてきたという鳩村の顔は真っ赤だった。

やたらともじもじしているし、おそらく彼はフェロモン全開の城田を前に照れているようだ。

もしかしてゲイ？　そういや本物のゲイはこんな、ガタイのいいタイプが多いんだっけ、となんとなく身構えてしまった僕の心を読んだのか、鳩村が、

「あんたは？」

と幾分不機嫌そうに問いかけてきた。

「あの……」

「速水君。当面、僕の助手を務めてくれることになってる」

「助手？」

「先生、マジですか」

驚いた僕の声と、いかにも不満げな鳩村の声がシンクロして店内に響く。

「ああ。僕の担当した事件をノベライズしてくれる小説家だ。傍《そば》で取材がしたいというのでね」

「いや、そんなこと……」

言ってませんけど。

そう言いかけた僕の言葉に被《かぶ》せ、

「先生の活躍をノベライズ！」

今度は一変して感激した声となった鳩村が歓声を上げる。

「素晴らしい！　買います！　是非買わせてください！」

「気が早いよ、鳩村さん。本が出るのは半年は先だ」

「いや、もっと先じゃないかと……」

具体的に『いつ』というスケジュールは決まっていなかったように思う。半年後なんて近いタイミングならさすがに編集の神谷もそう言っただろうし、と僕も口を挟んだのだが、小鳩――じゃない、鳩村の耳にはまったく届いていないようだった。

「楽しみにしています！　ああ、それで、早速ご依頼の件ですがっ」

言いながら鳩村が、鞄からばさりと紙の束を取り出し、城田に差し出す。

「鳩村さん、焼いておいてくれる？」

食べないはずの鳩村に、そんな図々しい依頼をした城田が、書類を手早く捲《めく》り始めた。

「はいっ！　喜んでっ！」

鳩村が嬉々として肉をトングでひっくり返し始める。

「なんです、それ？」

向かいに座る城田の手元を覗き込みつつ尋ねると、

「調書だ。真壁さんの事件の」

答えてくれながら城田が読み終えた一枚を僕に差し出してきた。

「ええっ？」

警察の調書のコピーを、こんな焼き肉店――『こんな』呼ばわりには勿論、他意などない――で見ちゃったりしていいのか。

ぎょっとしつつも好奇心に駆られ、僕はコピーに目を通し始めた。

「自殺とされている真壁義智《よしとも》さんは二週間前、亡くなってます」

律儀に焼いた肉を城田や僕の小皿に取り分けてくれながら、鳩村は事件の説明をし始めた。

「遺書らしきものはありましたし、家族からは亡くなるまでの数日は少し思い詰めた様子だったので、自殺も納得だという聞き込み情報は得ていたのですが、一つ気になることが」

「何？　それ」

調書から顔を上げ、城田が鳩村に問う。鳩村の顔がまたも真っ赤になったが、そこを突っ込む気持ちが失《う》せるような重大事項を彼は告げたのだった。

「実は真壁さんは来月、結婚する予定だったんです。恋愛結婚でした」

「結婚するのに自殺はない……か。だがマリッジブルーということは？」

またも調書を捲りながら、城田が鳩村に問う。

「我々もその『マリッジブルー』の線を推しました。遺書と言い難いとはいえ『申し訳ありませんでした』という一言がパソコンに残されていましたし、その上彼は浴室で手首を切っていたんです。彼は実家近くのマンションに一人暮らしで、当日、彼を訪ねてきた人間は誰もおらず部屋には鍵がかかっていた。ドアチェーンもです」

「ドアチェーン……真壁さんの部屋は何階だったんですか？」

城田が何も問わないので、代わりに、と僕が問いかける。鳩村は、一瞬、むっとしたような表情を浮かべたものの、

「何階？」

と城田が問うたこともあり質問に答えてくれた。

「七階です」

「外からの出入りは無理ですね」

「もし殺人だとしたら密室殺人だな」

ごく真っ当な僕の意見と、絵空事としか思えない城田の意見が同時に響く。

「密室殺人！」

当然、僕の意見が取り上げられると思ったのに、鳩村が拾ったのは城田の呟きだった。

「そうなれば城田先生の独壇場ですね！　密室殺人！」

「いや、だから……」

どう考えても自殺じゃないのか。そう言おうとした僕の言葉に被せ、鳩村の興奮した発言は続いた。

「自殺にしてはこれといった動機がないなとは思っていたんです。マリッジブルーで死ぬ新郎が一体どれだけいると思います？　結婚に障害は何もありませんでした。真壁さんも、そして婚約者の清水由香里《しみずゆかり》さんにも、後ろ暗いところは何もない——後ろ暗い、というのは、他に恋人がいるか、等のトラブルですが」

「結婚絡みではないトラブルはどうですか？　たとえば、勤務先で何かいざこざに巻き込まれたとか……」

「………」

じろ、と鳩村が質問した僕を睨む。が、城田が、

「どうなの？」

と問うと、鳩村の口は実に軽くなった。

「仕事も順調でした。大きなプロジェクトを成功させたばかりで、昇格は間違いないと言わ

れていた。そんな彼が自殺とは信じ難いと職場の人間は皆、口を揃《そろ》えています」

「恋愛関係ではないプライベートは？」

城田が確認するのに、鳩村が、

「特に思い当たるところはない、と彼の周囲の人間は皆そう言ってます」

「状況的には自殺だが原因は不明、そこに田中さんのお兄さんの遺書がでてきて、ますます自殺とは断定できなくなった」

「いやあ、確かにおっしゃるとおりではあるんですが、やはり他殺の可能性は薄いとしかいいようがないいんですよね」

熊村――じゃない、鳩村は残念そうにそう言ったあと、

「何せ」

と言葉を続けた。

「密室の上、遺書らしきものもある。どちらかというと田中さんの自殺のほうが疑問視されています。ただ、ソッチは遺書が紛《まご》う方なく本物なんです。となると自殺であることは間違いない」

「田中さんの様子に違和感はなかったのかい？」

「ええ。まあ。ただ、真壁さんが亡くなったあとは、動揺していたようですが」

鳩村はそう言うと、ぺら、と新たな紙を一枚、城田に示した。

「これが遺書です。おそらく思い込みかとは思うんですが……」

「これですか……」

城田がコピーを手に取り、眺め始める。僕もまた身を乗り出し、手書きの文字が書かれたその紙を見やった。

『真壁を殺したのは私です。本当に申し訳ありませんでした』

署名は田中和利《かずとし》——亡くなった田中の兄の名だという。

これが本物だとなると、やはり真壁の死は密室殺人なのだろうか。

密室殺人だなんて、小説の中でしか知らないぞ。そう思いながら僕は、これをどう解決するのか、と城田を見やった。

「……面白い……というのは不謹慎だな。実に興味深いね」

城田が、うんうん、と頷きながら遺書のコピーをじっと見つめる。

「一つ、興味深い事実がわかりました」

そんな彼に鳩村が身を乗り出し、今更、という気遣いの顰めた声で囁いた。

「実はですね。真壁さんの婚約者というのが実は、今回亡くなった田中さんの腹違いの妹だったんですよ」

「えーっ⁇」

まさに二時間サスペンス的な展開、と思わず大声を上げた僕を、じろりと鳩村が睨む。

「お静かに」

「…………すみません」

お前も今まで散々騒いでいただろうが、と思いつつも詫びた僕の前で城田が問いを発する。

「腹違いってどういうこと？　当人同士は知っていたのかな？」

「どうでしょう。少なくとも田中和利さんは知っていました。彼が五歳のときに両親が離婚し、先妻の子だった和利さんが父親に、当時二歳の彼の妹、由香里さんは母親に引き取られました。由香里さんは記憶がなかったとのことですが、和利さんは五歳で、どうやら記憶はあったようです。証拠というわけではありませんが、彼が由香里さんについて民間の探偵社に調査を依頼した履歴が残っています」

「調査はいつ、依頼されたんだ？」

「真壁さんが亡くなったあとでした」

「……ふうん……」

城田が相槌を打ちつつ、皿に盛られた肉を口へと運ぶ。

「真壁さんについてはわかりません。ですが、由香里さんは知りませんでした。警察に知らされ驚愕していたとのことです。演技にはとても見えなかったとか」

「……しかし、自殺や他殺の原因にはなり得ない、と」

城田の言葉に鳩村が、

「そうですね」

と頷いた。

「真壁さんと由香里さんに血の繋がりがあった、ということならそれが諸々の原因になったとしてもまだわかります。でも自分の妹と親友が結婚するのが原因になり得ると思います?」

「思わないな。喜ばしいとは思うだろうが」

城田が答え、ね、と僕にも確認をとってくる。

「そうですね」

まさに城田の言うとおりだ、と頷いた僕に城田は微笑み返すと、

「わかった」

と笑顔のまま頷いた。

「まずは由香里さんに会いに行こう」

そう言ったかと思うと城田はやにわに席を立った。

「え?　ええ?」

唐突すぎる彼の行動についていかれず、戸惑った声を上げてしまう。

「充分食べただろう?　行くよ」

そんな僕を呆れたように一瞥《いちべつ》すると、伝票をひらりと取り上げレジへと向かった。

「あの……っ」

まさか奢《おご》り？　思わず声が弾んでしまう。

「大丈夫だ。給料からさっ引くから」

「え」

僕の心を正確に読んだらしい城田は、きっちりとそう言い返すと、

「ええっ？」

給料なんて貰《もら》えるのか、と疑問の声を上げた僕をまるっと無視し、レジへと進んでいく。

「待ってください、城田さん」

「それより、先を急ごう。あっという間にもう午後二時だ」

一瞬だけ振り返ると、城田はパチ、と魅惑的すぎるウインクをし、すぐに前を向いた。

「…………今まで余裕かましていたくせに……」

つい不満の声が口から漏れてしまう。

「文句はあとでまとめて聞いてやる。ともかく、由香里さんのところに急ごう」

城田は僕の憂鬱《ゆううつ》の原因になどまるで興味はないとばかりにそう微笑むと、颯爽《さっそう》とした足取りでレジを目指したのだった。

「由香里さんに何を聞くつもりなんです？」

中央線で由香里の家がある吉祥寺へと向かいながら、僕は城田に訪問の意図を尋ねた。

「なに、たいしたことじゃない。事後確認だ」

城田がいかにも軽い感じで言い捨てる。

「………」

城田にとっては『たいしたことじゃない』のだろうが、由香里にとってはとてもそうは思えないに違いない。

この温度差が彼女を傷つけなければいいのだが。そう思っていた僕の心理もなぜか、城田には当てられてしまった。

「僕は馬鹿でも鈍感でもないからね。人並みの配慮はするよ」

「………人の心を読めるなんて、さすが名探偵ですね」

嫌みでもなんでもなく感心したのだったが、対する城田のリアクションは違った。

「なんだ、気づいたの？」

「え？」

まさか、と思った直後、ああ、冗談か、と気がついた。どこまでが本気でどこからが冗談なのか、さっぱりわからない。

この感じ、ちょっとデイモンに通じるところがあるな、と思った僕はそれをそのまま城田に伝えた。

「そういや、変身後の城田さんって、ちょっとデイモンに似てますよね」

「それは……」

なぜかここで城田が、はっとした顔になる。

「え？」

なぜに動揺する？　と驚いている間に、城田は自分を取り戻したようで、余裕綽々《しゃくしゃく》、といった様子となってしまった。

「似ているかな？　自分ではそうは思わないけれどね」

「似てますよ」

自信満々なところといい、やたらとセクシーなところといい、と、またもパチリと無駄なウインクをして寄越した城田から目を逸《そ》らし、やれやれ、と溜め息をつく。

デイモンの存在を、しっかり実在しているものとして受け止めている自分が信じられない。ファンタジーの世界でならともかく、悪魔が願いを叶えてやる代わりに死後の魂を寄越せだなんて、とても現実の出来事とは思えない。

出版社から切られたショックで頭がおかしくなったのかも、と自らを疑ってしかるべきだとは思うが、ここにもう一人、その悪魔と契約し願いを叶えた人物が現れた。

となると俄然、信憑性《しんぴょう》も増してきて、もしもデイモンに『ベストセラー作家になりたい』と願えばそれが叶うのか、という期待も出てきたものの、どうしても僕は、つい、

『本当か〜？』

と首を傾げてしまうのだった。

そんな都合のいい話、実際あるんだろうか。『稀代の名探偵』の出現がその証拠と言われればそうなのかもしれないが、どうにも納得いかない。

こうして捜査に同行すれば、納得できるようになるんだろうか。結果、僕は悪魔と契約を交わすんだろうか。

あれから帰宅し『ファウスト』をぱらぱらと読み返してみた。これと同じことが自分の身に起こっているなんてやっぱりリアリティがないよなあ、と本を閉じたのだったが、果たして本当に悪魔と契約なんてしても大丈夫なんだろうか。

僕の願いは叶うのか？　いつしか一人でそんなことを考えていた僕は、城田の、

「ああ、ここだ」

という声に我に返った。

「……立派な家ですね」

真壁の結婚相手、清水由香里は会社役員の令嬢だった。さすが、と思いながら百坪以上の敷地を誇る豪邸の、立派な門構えを見やる。

「そうだね」

相槌を打ってくれはしたが、家の立派さにはそう興味を持っていない様子の城田は、臆《おく》する気配もなくインターホンを押した。

「アポは？」

「とっているわけがない」

堂々としている彼に問うと、堂々とそんな答えが返ってくる。

「在宅してない可能性だってあるんじゃあ……」

そうしたら十二時間——もう十時間を切っている——以内での解決は無理になる。焦った僕の耳に、インターホン越しに若い女性の声が響いた。

『あの……どちら様でしょう』

訝《いぶか》しげな声で問われ、城田がにこやかに答える。

「私立探偵の城田典嗣です。婚約者の真壁義智さんがお亡くなりになった件を調査しています」

『……っ』

息を呑んだ気配が伝わってきたあと、すぐ、

『お待ちください』

慌ただしくインターホンが切られた。その直後に門の格子越しに見える玄関のドアが開き、

若い綺麗《きれい》な女性が駆け出してきて、門を開いてくれた。

「どうぞ。お入りください。城田先生が捜査をしてくだされればもう、解決は約束されたようなものですわ」

弾んだ声を出してはいたが、由香里の顔色は悪く、綺麗な顔はすっかりやつれていた。婚約者に自殺されたのだ。無理もない。同情していた僕の前で城田が門を開いてくれた由香里の手を握り締める。

「そのとおりです、お嬢さん。必ず真壁さんの死の真相を究明してみせます」

「ど、どうぞお入りください。散らかしておりますが……」

由香里が真っ赤になり、城田を家の中へと案内する。タラシめ、と心の中で悪態をつきつつ、僕も城田のあとに続き清水邸へと足を踏み入れた。

散らかっている、と言っていたが、僕らが案内されたのは綺麗に片づいた応接室だった。

「今、父も母も出かけています」

どうぞ、と紅茶をサーブしてくれながら由香里が頭を下げる。

「お辛《つら》いでしょうが、お話、少しだけよろしいですか?」

相変わらず城田の態度は、これでもかというほどに思いやりに溢れた状態をキープしていた。やればできるということなんだな、と僕は、彼を少しでも疑ってしまったことに少々罪悪感を覚えた。

「はい。なんでも聞いてください。なんでも協力させていただきます」

健気にもきっぱりと言い切った彼女に、城田が優しく微笑みかける。

「ありがとう。僕に任せてください」

「は、はい……っ」

血の気がなかった彼女の頬が、見る見るうちに紅くなっていくのを僕は、凄いな、と思いながら眺めていた。

不謹慎、というつもりはない。そのくらい、変身後の城田はフェロモンだだ漏れなのだ。女性なら百パーセント——は、さすがに言いすぎか——彼の微笑みを前にすれば頬を赤らめるだろう。

いや、女性だけじゃなく、男性も赤らめていたか、と、いかつい熊、じゃなく小鳩、でもなく、鳩村刑事の赤らんだ顔を思い出していた僕の横では、そのフェロモン男、城田が質問を始めていた。

「亡くなる前、真壁さんは少し悩んでいらしたご様子だったと」

「……はい……」

はあ、と溜め息を漏らしつつ、由香里が頷く。

「……仕事が忙しいからと、本人は言っていました。挙式と新婚旅行で二週間会社を休むので、その調整が大変だと……」

「あなたは彼の言葉を信じた……？」

城田の問いに由香里は一瞬、答えに詰まった。

「由香里さん？」

「…………わかり……ません。私には」

由香里はがっくりと肩を落とし、首を横に振った。

「それだけではない気はしました。悩みは結婚にあるのではないかと疑ったこともありました。でも、私もなったことがあるマリッジブルーみたいなものなんだろうと、真剣に考えていなかった。自殺するまで悩んでいるとは、思わなかった……いえ……思いたくなかったのかも……」

「お嬢さん、由香里さん。自分を責めてはいけません」

城田がすっと手を伸ばし、由香里が自身の膝に置いていた手を握る。

「……あ……」

泣きそうになっていた由香里が顔を上げ、城田を見やった。

「真壁さんの死の真相を一緒に解明していきましょう」

ね、と微笑み、城田は由香里の手を握り締めると、すっと手を引き話を変えた。

「ところで、真壁さんの親友だという田中和利さんですが、お会いになったことがありますか？」

「……田中さん……」

由香里がはっとした顔になったあと、

「あの」

と思い詰めた表情で口を開いた。

「お耳に入っているかどうかはわかりませんが、実は田中さんは……」

「ああ、聞いています。あなたの腹違いのお兄さんだったとか」

「………びっくりしました………」

本当に驚いているのがわかる。そんな顔を由香里はしていた。

「私は母の連れ子で、今の父とは血の繋がりはありません。そのことは勿論、知っていました。でも、義智さんの親友の田中さんのお父さんが自分の実の父であるなんてまったく知りませんでした。田中さんにお会いしたときにも兄とは気づきませんでした。田中さんのほうでは気づいていたようなことを、警察の方に聞きましたが……」

「そうですか」

城田はここで言葉を切ると、大丈夫かな、というように由香里を見た。由香里もまた城田を見返す。

「田中さんが亡くなったことはご存じですね？」

「はい。警察が来ましたので」

由香里はすぐに頷いたが、彼女の顔は引《ひ》き攣《つ》っていた。

「遺書については聞きました?」

「はい。義智さんを殺したと」

「どう思われましたか?」

淡々と問いかける城田に、由香里は「わかりません」と首を横に振った。

「田中さんとは確か三回、お会いしました。義智さんが結婚式の司会をお願いし、その打ち合わせで三回。義智さんとは本当に仲がよさそうで、結婚を自分のことのように喜んでいる……ように見えました」

「真壁さんを殺して自殺するようにはとても見えなかったと」

「はい」

頷いてから由香里は、

「いえ」

と首を傾げた。

「三回しか会っていませんから……」

と、ここで由香里から城田に問いが発せられた。

「あの、田中さんは本当に義智さんを殺して自殺したのでしょうか」

「田中さんの弟さんは、あり得ない、と言っています」

城田の答えに由香里は、

「そう……ですよね」

と相槌を打ち、また、首を傾げた。

「それなら田中さんも殺されたということになります。誰に？　田中さんがどなたかに恨まれていたという話はあるんでしょうか？」

「警察の捜査上には上がっていないようですね」

「もしも他殺だとすると、義智さんの名を遺書に書いた意図はなんだったんでしょう」

「それを捜査しているのですよ」

城田はそう言うと、もう聞きたいことはすべて聞き出したのか、すっと席を立った。

「どうもありがとうございました。何かわかりましたらすぐにあなたにもお知らせしましょう」

「よろしくお願いします……」

由香里は深く頭を下げたが、表情はどこか不可解そうだった。

玄関まで僕らを送ってくれた由香里は、靴べらを渡してくれながら、ぽつりとこう呟いた。

「……義智さんが自殺ではなく本当に殺されたのだとしたら……」

「『したら』？」

言葉を途切れさせた由香里の顔を城田が覗き込む。

「………混乱しています。自殺だと聞いたときには信じられないと思いました。でも、他殺となると更に信じられない気がします」

「……また伺います」

城田はそれに対しては何もコメントせず、にっこり、と微笑んで告げると、

「失礼します」

と会釈をし玄関のドアを出た。僕もあとに続く。

「自殺だと納得したところに他殺と言われて戸惑っている……そういうことだろう」

「しかも犯人は自分の実の兄かもしれないとなると、複雑でしょうね」

自分の身に置き換えてみると、酷としか思えず、僕も思わず天を仰いだ。

「で、何かわかりました?」

タイムリミットまであと何時間か、と腕時計を見やる。

「うわ」

九時間を切った。大丈夫か?　と城田を見ると、

「次は真壁のマンションだな」

城田はにこやかに微笑みそう告げ、僕の肩を抱いてきた。

「こういうの、マジでいいんで」

その手を払いのけ、事件へと話を戻す。

「真壁さんと田中さん、二人とも他殺なんでしょうか。少なくとも由香里さんは真壁さんを自殺と思っていたようですが」

「だからそれをこれから調べるんだよ」

城田はそう言うと、懲りずにまた肩を抱こうと手を伸ばす。

「ですから」

払いのけようとした手を器用に避《よ》け、城田は強引に僕の肩を抱くと、

「さあ、行こう」

と明るく声をかけ、次なる目的地を目指し、弾むような足取りで歩き始めたのだった。

5

続いて城田は亡くなった真壁のマンションを訪れた。

すでに『小鳩ちゃん』経由で話が通っていたようで、真壁のマンションの前では警察官が部屋の鍵を手に待っていて、すぐに中に入れてくれた。

「真壁さんは一人暮らしでした。室内の様子は彼が亡くなったときのままになっています」

「ありがとう」

若い警察官もまた、城田がにっこり、と微笑むと頬を赤らめ「いえ」と照れていた。

「綺麗に片づいていますね」

もともと綺麗好きなのか。それとも犯人が証拠隠滅を図ったのか。整理整頓《せいとん》された室内をぐるりと見回す。

真壁のマンションは2LDKで、リビングの他には寝室と書斎があった。城田はリビングをひとしきり見回ったあとに部屋を出て、書斎へと向かった。

「シンプルだな」

本棚とパソコンが置かれた机くらいしかない部屋に入ると城田はそう呟いたあと、やにわに机の引き出しを開いた。

「アルバムか」

ポケットアルバムというんだったか。写真屋でくれるＡ５サイズの冊子を取り出しぱらぱらと捲る。

「今時珍しいですね」

携帯電話とデジカメの普及から、最近では写真をハードとして印刷することはあまりなくなった。少なくとも僕がそうだったので指摘すると、

「今時じゃない。中学か高校のときのものみたいだよ」

城田はそう言い、ほら、と僕にアルバムを手渡した。

「あ、ほんとだ」

写真はどうやら、高校のときの修学旅行か何かのようだった。男子は皆学生服、女子はセーラー服だ。

「僕の学校、私服だったから、こういうのは憧《あこが》れるなあ」

思わずその言葉が口から漏れる。

「……僕も同じ学校だったんだけど」

ぼそりと城田に呟かれ、そういやそうだった、と思い出した。

「あ、ツーショットだ」

田中の兄と真壁の写真は、先ほど見せてもらった調書に添付されていた。二人ともあまり現在と変わっていないのですぐわかる。

「仲よかったんだな」

ツーショットの写真が多く、次に多いのが田中の兄のワンショットだった。これ、真壁のアルバムだよなと思いながら、ぱらぱらとページを捲っていく。

「自由行動の日は二人で回って、お互いが写真を撮った……ってことかな。で、現像したものの田中さんに渡しそびれていた……とか？」

あるある。やりがちだ。そういや僕も、大学時代に友人皆で行った旅行の写真を配っていない気がする。

しかしアルバムにまで入れているのなら、いつでも渡せばよかったものを。結婚式の司会を頼むくらい仲がよかったのだから、渡そうと思えば渡せただろうに。

部屋がきちっと片づいている感じ、多分真壁は几帳面な性格だったんじゃないかと思う。ちょっと違和感あるよな、と僕は、城田から渡された二冊目のアルバムを開いた。

「これもか」

もう少し成長した――多分大学生になってからだろう――田中と真壁の旅行の写真だった。沖縄《おきなわ》だろうか。綺麗な海をバックに田中の兄が楽しげに笑っている。

「由香里さんとの写真はないんだな」

部屋同様、机の中も比較的整理されていたが、アルバムはこの二冊しかなかった。

「デジカメのメモリーカードか、パソコンにはあるんじゃないでしょうか」

自分がそうなので、と告げた僕を城田はちらと見やると、パソコンの電源を入れた。

「遺書はパソコンで書かれたものだったんでしたっけ」

遺書くらい手書きにしそうなものだが、と、それもまた僕は疑問を覚えたのだった。

推理小説でも二時間サスペンスでも、手書きじゃない遺書が残されている場合は百パーセント他殺である。

「ああ」

「パソコンって普通、ログインするのにパスワードとかかけていないですか？」

そこも気になっていた。発見されたときにパソコンが立ち上がっていたというが、ロックされていたりはしなかったのだろうかと思ったのだ。

「真壁さんはかけていなかった。で、開いていたワードの画面が遺書らしき一文だった」

『申し訳ありません』

その一言だった。玄関の鍵はかかっており、窓もすべて内側から施錠されていた。

真壁が亡くなっていたのは浴室で、睡眠薬を飲みつつ手首を切ったという。

睡眠薬、というのもやや気になるのだが、だとしても玄関のドアには鍵ばかりかチェーンまでかかっていたとなると、他殺の線は薄くなった。昔の造りのドアは外からチェーンをかけることも外すこともできるものがあったが、セキュリティのしっかりしているこのマンションでは不可能だ。

「不審者の出入りもなかった。自殺以外にあり得ない——はずなんだな。田中兄の遺書さえなければ」

いや、あったにしても、だ、と城田は呟くと、

「さて」

と僕に笑顔を向けた。

「行こう」

「ええ？　もう？」

ここに来てやったことといえば、机の中にあった古いアルバムを二冊見たくらいだ。見落としがありまくるんじゃないかと城田を見ると、

「ああ、もう、だ」

城田はにっこりと目を細めて笑い、僕の肩を抱いてきた。

「……時間がなくなってきたからですか？」

十二時間で解決するなんて無茶言うから、と思いつつ聞くと、

「違うよ」

と城田が苦笑する。

「君には信用がないようだ。僕を誰だと思っているんだい？」

「城田典嗣さん」

即答したのは別に嫌みでもふざけたわけでもなかった。

が、城田はどちらかにとったようで、苦笑しつつ肩を抱く手に力を込める。

「まあ、名前を認識してくれただけで、よしとしよう」

「もともと知っていましたよ。名探偵の城田さんの名は」

ニュースでも見ていたし、週刊誌でも特集を組まれていた。メディアにあれだけ露出していれば知らないでいるわけにはいかない。

「もともと……ね」

城田はまた苦笑したが、もの言いたげな彼の表情に疑問を覚えた僕が何を問うより前に、

「それじゃ、行こう」

と声をかけ、僕らは真壁のマンションをあとにした。

その後城田は田中兄がやはり一人で暮らしていたマンションへと向かった。

こちらの鍵は田中弟から預かっていた。真壁のマンションより狭い１ＬＤＫだが、室内はやはり綺麗に整頓されていた。

「覚悟の自殺……に見えますね」

綺麗ではあるが、真壁の部屋のように何から何まできちっと整頓されているわけではない。

普段はそれなりに散らかっていたのではないかという気配がある。

それだけに死を覚悟したために部屋を片づけたのでは、という印象を抱いた僕の口からその言葉が漏れた。

「そうだね」

城田は相槌を打ちつつ、また田中兄のデスクへと向かっていった。

引き出しを開けたが、ごちゃっと紙類がたくさん入っていて、やはり田中兄はあまり整理整頓好きなタイプじゃなかったんだな、と再認識する。

「写真はないんだな……いや、あるか」

城田が紙に埋もれていた一枚の写真を見つけた。

「真壁さんとの写真ですか?」

もしや、と思い問いかけると、

「いや」

首を横に振り、城田が古びた写真を差し出してくる。

「これ……………由香里さん、ですかね」

写真には子供が二人、母親と共に写っていた。男の子と女の子、どちらも可愛《かわい》く、お母さんも綺麗だ。

女の子に、先ほど会った由香里の面影があるような気がして問いかけると、城田も同じよ

うに感じたらしく、

「多分そうなんじゃないかな」

と、写真を返して、というように手を差し出した。

「男の子のほうは田中さんのお兄さんでしょうかね」

「ああ」

おそらくね、と受け取った写真を再び机にしまうと、城田はぐるりと室内を見渡した。僕もつられて部屋を見回す。

「シンプルだね」

「性格でしょうかね。僕の部屋もこんなものですよ」

「へえ」

ここで城田の目がなぜか輝いた。

「君の部屋、見てみたいな」

「お見せできるような部屋じゃないんで」

城田のあの、こだわりがありまくる事務所と比べると恥ずかしくてとてもとても、モノといえば本しかないようなしょぼい自分の部屋など見せられるものではない。

シンプルといえば聞こえがいいが、要はお金がなくてモノが買えないのだ。

しかしあの重厚な家具は高価そうだったが、探偵というのは儲《もう》かるのか。それとももともとと城田の家がお金持ちだったのか。

格差を感じるなあ、とつい溜め息をつきそうになった僕より先に、城田が溜め息をついた。

「残念だ。是非とも訪れたいと思っているのだが」

「そんなことより事件のことですが」

心底残念そうにしている彼に、今、大事なのは何かを思い出させてやる。

「もう終わったよ」

「えっ？」

てっきり僕は彼が冗談を言っているのだと思い込んだ。

「またまた。何を言ってるんですか」

ふざけている場合じゃないでしょうに、と呆れてみせたが、どうやら冗談ではなかったようだ。

「終わったよ」

さらりとそう告げたかと思うと、すたすたと部屋を出ていこうとする。

「終わった？　もう？」

さっきの真壁の家でもあっという間に捜査を終えたが、ここの滞在時間は十分にも満たない。

本気で捜査する気があるんだろうかと疑わずにはいられないと思いながら僕は城田を追い

かけ、田中兄のマンションをあとにしたのだった。

その後、どこに行くのかと疑問に思いつつ城田についていくと、なんと彼は事務所に戻ってしまった。

「疲れたね。コーヒーを淹れてもらえるかい？」

「あのー」

疲れるほど動いちゃいないと思う。そうは思いはしたが、一応僕は彼の助手役を——いつの間にかではあるが——仰せつかっている。

事件の真相について早く知りたかったこともあって、思うところはありありながらも僕は「わかりました」と返事をし、バックヤードへと向かった。

コーヒーメーカーを操作し、そういや昨日はトラジャとかいう豆を選んでいたなと思い出したので、それを探してセットする。

説明書の分量どおりに淹れたつもりが、くん、と匂《にお》いを嗅《か》いでみると昨日出してくれたものより少し薄い気がした。

無意識のうちにコーヒー豆をケチってしまったか、と少々反省しつつコーヒーを一つ盆に載せて事務所に戻ると、城田は実に思いやり溢れた言葉をかけてくれた。

「君も飲みなさい」

「ありがとうございます。でもコーヒー、あまり好きではないので結構です」

ここで言わずいつ言う。いいタイミングだと思ったのだが、それを聞いて城田は酷くがっかりした顔になった。

「なんだ。やっぱりそうだったの。それなら何を飲む？　紅茶かな？　それとも日本茶？　中国茶もあるよ」

「えーと……コーラ？」

事務所内は確かにクーラーがよくきいていたが、夏は冷たいものを飲みたい。炭酸が好きなのだが、この事務所の雰囲気ではコーラはないか、と口にしてから僕は気づき、慌てて言い直した。

「あ、水を」

「コーラか。そういえば君は高校のときからコーラが好きだったものね」

「え？　あ、はい」

言われてみれば高校でもよく購買で買って飲んでいた。よく覚えていたな、と感心してから、もしかして適当を言ったのかも、と思い直す。

「いやだな。ちゃんと覚えていたよ」

「人の心を読まないでくださいよ」

口に出してはいなかったというのに城田にそう返され、またた、と僕は思わず彼を睨んでしまった。

「悪い」

あまり『悪い』とは思っていない様子で城田が肩を竦める。

「だが諦《あきら》めてくれ。何もしなくても対面している相手の心の声が聞こえる仕様になっているんだ」

「仕様？」

なんだそれ。思わず大きな声を上げると城田は、

「なんだ、冗談だと思っていたの？」

と逆に驚いてみせたあとに、まさか本当だったとは、と愕然としている僕に向かい、

「冷蔵庫にコーラがあるから、飲むといい」

と微笑み、受話器を手に取った。

「⁇」

意味はさっぱりわからなかったが、説明する気はないようなので、喉《のど》が渇いていたこともあり、バックヤードへと引き返す。

ペットボトルのコーラを取り出し、このまま飲めばいいかと事務所に戻ると、城田がらし

くもなく動揺した素振りで電話の相手と話していた。

「え？　今日はおいでになれない？　何時でもいいですよ。十二時間で解決するとお約束したでしょう？」

話の内容から、相手は依頼主の田中とわかる。だが何を慌てているのだ、と首を傾げている僕の前で彼はどうやら約束をとりつけたようだった。

「わかりました。それでは夜の十一時に。いや、こちらはかまいません。それではお待ちしています」

電話を切り、やれやれ、というように溜め息を漏らす。

「どうしたんです？」

「田中さんが今夜は会社の用事でどうしてもこられないというんだ。接待だそうでね。なんとかネゴって夜の十一時に来てもらうことにした。ぎりぎりだが仕方がない」

「なんで明日じゃ駄目なんです」

自分としては至極真っ当な問いを発したつもりだったが、なぜだか城田は、信じられない、というように目を見開いた。

「十二時間で事件を解決するのが僕のルールだっ！」

「解決したんですか？」

そっちに驚き、聞き返す。

僕はてっきり、田中から追加情報を得ようとしたのだとばかり思っていた。違ったのか、と驚いていた僕に対し、

「当たり前だろう」

と城田が胸を張る。

「どうやって？」

行動を共にしていたというのに、僕にはさっぱり事件の真相などわからなかった。

ミステリー作家としては恥ずかしい限りだ。一体どこにヒントが転がっていたというんだ、と僕は身を乗り出し、城田に問いかけた。

「どうやって解決に辿《たど》り着いたんです？　どこにヒントが隠されてました？　お願いです、教えてくださいっ」

「興奮しなくてもいい。君にわからなくて当然だ。君だけじゃない。一般人にはわかるはずがないんだ」

「え？」

それはどういう意味なのか。さっぱりわからず問いかけたあと、もしや、と閃《ひらめ》き確認をとった。

「デイモン……？」

「さすが、推理小説作家」

にっこり、と城田が微笑む。

「にっこり、じゃないだろうっ」

嘘だろ、と僕はコーラをテーブルに下ろし、城田に詰め寄った。

「どういう契約を結んだんだ？　さっきの人の心を読めるやつとか？」

「それもある。他にもある」

「ええっ」

まさか、と思って問いかけたというのに、肯定された上に他にもあると告白され、僕は啞然としてしまった。

「他には？」

「現場に行くと真相がわかる。そのときの状況が目の前で繰り広げられるんだ。映画のように」

「それじゃあ、推理する必要ないじゃないですか」

呆れたあまり、大きな声が僕の口から発せられる。

「そのとおり」

少しも悪びれることなく城田はにっこり微笑み頷くと、愕然としていた僕に彼のほうから問いかけてきた。

「がっかりした？」

「がっかり以前の問題です」

名探偵でもなんでもないじゃないか。呆れはしたものの、なるほど、それなら十二時間解決も可能か、と納得した。

「でも、人の役には立てる」

城田が相変わらずにこやかな表情のまま、僕に向かって頷いてみせる。

「確かに」

それはそうか。納得しかけて、すぐ、僕は、

「いやいやいやいやいや」

と首を横に振った。

「探偵って推理するもんなんじゃないの⁉」

「推理はするさ。一応ね。自分の推理が正しかったか、確認するんだ」

「確認だけ？　答えがわかっているというのに？」

やってないだろう。疑いの目を向けると城田は、

「そう思われても仕方ないかな」

と苦笑しただけで、それ以上自己の正当性を主張しようとはしなかった。

「……で、今回も現場に行って真相に到達したと……」

「そのとおり」

にっこり。また華麗な笑みを見せる城田に僕は勢い込んで問いかける。

「真相は？　自殺ですか？　それとも密室殺人？　どっちだったんです？」

僕の予想では『自殺』だった。

他殺は物理的に無理だったからだが、ミステリー的には他殺であるべきだろうとは思う。ノベライズするのに、この二つの事件が『自殺』だと、ちょっと困る。

不謹慎だと我ながら思うから口には出さなかったというのに、僕の心を読める城田はそれに対し、肩を竦めてみせた。

「困るといわれても、それこそ困るな」

「ということはやはり……」

自殺だったのか。脱力しそうになりつつ僕は、それなら、と城田に問いかけた。

「それなら田中さんのあの遺書は？　あの遺書が偽物だったんですか？」

「それは……」

城田が答えようとしたとき、不意に室内に風が吹き抜けたと思った次の瞬間、バリトンの美声が響き渡った。

「続きは依頼人が来てからだろう」

「あっ」

唐突な登場。しかも華がありすぎる。フェロモンの塊と思えた城田のはるか上をいくフェロモンの持ち主、デイモンの登場に僕も、そして城田もまた言葉を失い、セクシーダイナマイツともいえるその姿をまじまじと見やってしまった。

「なんで？」

なぜこのタイミングでデイモンが現れたのか。疑問を覚え問いかける僕の横では、城田があからさまにむっとしていた。

「なんなんです。僕は呼んだ覚えがありませんよ」

「呼ばれたときにしか出てくるな、か？　随分と偉くなったものだな」

しかし嫌み全開でデイモンに返されると、途端に城田は気弱になった。

「別にそういう意味で言ったわけではありませんよ。いやだなあ」

「ほら、そこだ」

と、デイモンが彼の言葉を制したものだから、僕は思わず、

「どこです？」

と横から問いかけてしまった。

「お前はわからなくていい」

デイモンに冷たく返されむっとする。

「……すみません、僕もわからないのですが」

横から城田がおずおずと右手を挙げ申告する。

「だからそういうところが駄目なのだ」

やれやれ、というようにデイモンが溜め息を漏らし肩を竦める。

「どういうところが？」

話がさっぱり見えない。それで問うたというのにデイモンはさも煩そうな顔で僕を睨むと、

「お前は黙っていろ」

と、失礼千万な言葉を告げ、僕をこの上なくむっとさせた。

「失敬な」

「駄目というのはもしや……」

僕の憤りなど完全に無視された形で、城田とデイモンの間で会話が続く。

「すべて手の内を見せる馬鹿がどこにいる。お前は本当に願いを叶えたいのか？」

「勿論です。でも嘘はつきたくない」

「嘘も方便という実に便利な日本のことわざをお前は知らないのか」

「方便であってもやはり僕は好きな人には誠意を尽くしたい」

「誠意を尽くした結果、嫌われたらどうする。まずは気持ちを摑むことが大切だろう」

「でも……」

「あのー」

一応、僕もこの場にいるんですけれど。そう主張したが二人にとっては僕の存在など、す

でに眼中にないようだった。

「気持ちを摑んでから次のステップに進む。それが恋愛のセオリーだ」

「セオリー……」

なるほど、と城田が大きく頷く。

「なんだよ、セオリーって」

呟く僕の声に被せ、城田の切羽詰った声が響く。

「教えてください、そのセオリーを」

「任せろ」

デイモンがにっこりと華麗に微笑んだかと思うと、やにわに城田の肩を抱いた。

「ワンステップ。スキンシップ」

「それは図ってます」

即答した城田の端整な顔に、デイモンが自身の、やはり綺麗な顔を寄せる。

「嫌がられていない自信があれば次はキス」

「キス……ハードルが高い……な」

ぼそりと呟いた城田に、更にデイモンが顔を寄せた。

「高いことはない。キスなど挨拶《あいさつ》代わりだ」

「うわっ」

思わず僕の口からそんな声が漏れたのは、なんとデイモンが城田の唇をいきなり奪ったからだった。

「もしかして……っ⁉」

この二人、できてるのか？

ぎょっとした僕の前でキスを交わしていた二人だが、どうもぎょっとしたのは僕だけではなかったようだった。

「や、やめてくださいっ」

ひっくり返った声を上げつつ、城田がデイモンを突き飛ばす。

「あれ？」

今、僕が目にしている城田は、あの、イケてるセクシーガイの探偵ではなかった。彼はなんと、昨日デイモンが魔法を解いてみせた——魔法とは違うのかもしれないが——あの、冴えないとしかいいようのない、学生時代の面影そのままの姿に戻ってしまっていた。

「……キスで魔法が解けた？」

おとぎ話かよ、とつい突っ込みを入れた僕の言葉に、城田がすぎるほどの反応を示す。

「い、今の、見た？」

「普通に見ましたが」

なぜ見ない可能性があると思うのか。謎《なぞ》すぎる、と呆れてしまいながら僕は、ついでに、

とばかりに彼に確認をとってみることにした。

「デイモンとはデキてるんですか？」

「あり得ない‼　どうしてそう思うんだ‼」

城田が絶叫する横で、デイモンがにやにや笑いつつ口を開く。

「キスしているところを見たからだろう？」

「そのとおり」

それ以外に何があるというのか。首を傾げた僕にデイモンがなぜか苦笑しつつ話しかけてくる。

「彼もそれなりに頑張っている。評価はしてやってほしい」

「彼って誰です？」

素でわからず問うたというのに、それを聞いてなぜか城田ががっくりと肩を落とした。

「僕、もう駄目です。立ち直れる気がしません」

「そう言うな。これからだ」

「もう、無理なんです。最初から」

「諦めてどうする」

泣き濡《ぬ》れる城田をデイモンが慰めている。

「？？？？？」

わけがわからない。しかし僕にとっての興味は二人の関係よりも事件の真相で、早いところこのやりとりが終わってくれないだろうかと、思わず聞こえよがしな溜め息を漏らしてしまったのだった。

6

結局城田の動揺は収まらず、そのまま自室に籠もってしまったために、二十三時に田中が訪れるまで僕は事件についての話を聞くことができなかった。

二十二時五十分。城田が部屋から出てくる。

「取り乱して悪かった」

にっこり、と微笑む城田はすでに『名探偵』にして『超イケメン』という、世間向けの顔を取り戻していた。

「なんで取り乱したんです?」

当然、好奇心を覚えて問いかける。が、城田はその問いをさらりと無視してくれた。

「間もなく田中さんが来る。コーヒーの用意を頼むよ」

「……まあ、いいですけどね」

そこまでの興味はないし、と呟きつつ、バックヤードへと向かいコーヒーメーカーをセットする。

時間はたっぷりあったので、僕なりに推理を組み立ててみた。

田中の兄は自殺だと思う。となると真壁は彼に殺されたことになるが、真壁もまた自殺としか思えない。

マンションのドアに鍵だけならともかく、チェーンもかかっていたのであれば、田中兄はどのようにして部屋から出ることができたのか。

不可能としか思えない。となると、やはり二人共、自殺ということになる。

だが真壁が自殺だとすると、田中の遺書は嘘、ということになり、遺書が嘘だとなると田中兄に他殺の可能性が出てくる。

となると——?

推理作家として、思いつく限りの可能性を考えてみたものの、導き出された結論は情けないことに、

『わからない』

それに尽きた。

その謎が今、解き明かされようとしているのだ。果たして真相はなんなのか。

不謹慎と思いながらも高まってきてしまう期待感を胸の中に押し留《とど》めつつコーヒーを用意していた僕の耳にインターホンの音が響いた。

来た。ちょうどコーヒーメーカーをセットし終えたところだったので僕はバックヤードを飛び出した。

「やあ、いらっしゃい」

事務所では城田が両手を広げ、田中を迎えていた。

「速水君、コーヒーを」

「あ、いえ、その……」

田中は赤い顔をしていた。そういや接待と言っていたっけ、と思い出していた僕に、田中が申し訳なさそうに声をかけてくる。

「すみません、お水、いただけますか？」

「あ、はい」

酔っているところ、時間に遅れそうであったのか彼は走ってきたようだ。真面目な人だなと感心しながら僕は「少々お待ちください」と頭を下げ、再びバックヤードへと戻ろうとした。

「僕にはコーヒーを。君にはコーラを」

そんな僕の背に城田が指示を出す。

おかまいなく。心の中で呟きつつ僕は「はい」と返事をし、田中に水を、そして城田にはコーヒーを淹れ再び事務所へと戻った。

「君はいいの？」

コーラがないことに気づいた城田が尋ねてくる。

「喉は渇いていませんので」

それより早く真相が知りたい。その思いを込め城田を見つめる。

「どうぞ、ご遠慮なく」

城田は気づいているのか、はたまた気づいているからこそ焦《じ》らしているのか、僕からすっと目を逸らせると、優しげな笑みを田中へと向け、ミネラルウォーターのペットボトルを勧めた。

「氷とグラス、用意しましょうか?」

「い、いえ。このままで結構です」

遠慮していたらしく、頼んだものの手を出しかねていた様子の田中は、慌てて首を横に振るとペットボトルを取り上げた。

「お忙しいところ申し訳ありませんね」

ごくごくと水を飲み干し、はあ、と息を吐いた田中に、城田が本当に申し訳なく思っている口調で声をかける。

「いえ、僕も早く真相を知りたかったですし」

こちらこそ申し訳ありません、と田中もまた神妙に頭を下げた。

「それで……兄はやはり殺されたのでしょうか」

ごくり、と唾《つば》を呑み込んでから、田中が身を乗り出し城田に問う。

「…………」

　城田は暫し黙り込み、じっと田中を見つめ返した。

　十秒、二十秒――。

「あ、あの……」

　酔いで赤らんでいた田中の顔が、更に赤くなっていく。

　きっとわかってやってるんだろうなあ。しかしなぜ？

　意図がさっぱりわからない、と僕が見守る中、その後も城田は田中を見つめ続けたあと、おもむろに口を開いた。

「一つ約束していただきたいのですが」

「な、なんでしょう」

　問い返す田中の声は緊張のあまりひっくり返ってしまっていた。

「私がこれからお話しすることは、他言無用にしてください」

「えっ？　それじゃあ……」

　それまで恥ずかしそうにしていた田中の顔が一瞬にして険しいものになる。

「他言無用とはどういうことですか？　警察に再捜査を依頼するなと……そういうことなんでしょうか」

　語気荒く問い詰める田中に城田が、いいえ、と首を横に振る。

「それではなぜ……っ」

納得がいかない。その思いは僕も一緒だった。自殺という警察の捜査結果に納得できないから『稀代の名探偵』に依頼したというのに、その結果を他言無用にしろ、と言われて「わかりました」と頷くわけがない。

何を思って城田はそんなことを言い出したのかと僕もまた彼の答えを、気づけば身を乗り出して待っていた。

「それは」

城田が田中を、そして僕を見てから、ようやく口を開く。

「あなたのお兄さんの遺志であると思われるためです」

「兄の？」

訝しげに眉を顰めた田中だが、続く城田の言葉を聞き激昂《げっこう》して大声をあげた。

「お兄さんは自殺です。間違いありません」

「嘘だ！」

叫び、立ち上がった田中の前で城田もまた立ち上がる。

「落ち着いてください、田中さん」

「落ち着けるわけがないでしょうっ！」

怒りにまかせて田中はテーブル越しに身を乗り出すと、城田のジャケットの襟を摑み彼を怒鳴りつけた。

「兄が自殺なんて、するわけがない！　自殺する理由なんてないんだ！」

「田中さん、落ち着いて。アルコールが入っているから難しいかもしれませんが」

対する城田はどこまでも冷静だった。田中の手を握り締めるようにしてジャケットから外させ、じっと目を覗き込む。

タラシ度百パーセント——ではあったが、今回ばかりは彼の魅力は田中にあまり通じなかったようだ。

「離してくださいっ」

とはいえ、幾分は通じていたのか田中は紅い顔で城田の手を振り解《ほど》くと、今度は城田の上腕を掴み訴えかけてきた。

「自殺じゃないですよね？　自殺だとしたらあの遺書が本物だということになってしまう。兄が親友の真壁さんを殺したって言うんですか？　あり得ないですよ。第一殺す理由がない」

「ええ、ありません」

きっぱりと言い切った城田を前に、田中が唖然とした顔になる。

「……え……？」

「ですから、お兄さんは自殺です。が、遺書に書かれた内容は真実ではないんです」

「………どういうことですか……?」

虚を衝《つ》かれた。まさにそんな感じだった。意外性のありすぎた城田の言葉を聞き、今や田中は叫ぶことはせず、ぽかんとした表情を浮かべ城田を見返していた。

「まずは座りましょう」

城田が笑顔で田中にソファを勧め、まず自分が、と腰を下ろす。

「………」

田中は少し逡巡したものの、結局は城田に合わせ自身も腰を下ろした。

「水、飲みますか?」

「いえ、結構です」

更に落ち着かせようとしたのか、そう問うた城田に対し田中が首を横に振る。

「それより、どういうことなんです? 兄は自殺だったけれど、遺書は他人が捏造《ねつぞう》したものだったと、そういうことなんですか?」

「いいえ。あの遺書はお兄さんの意思で書かれたものです」

またもきっぱりと言い切った城田に田中が、

「でもあなたさっき……」

遺書は偽物だと言ったじゃないか、と言いかけた。その声に被せ城田が言葉を続けた。

「あの遺書は、あなたのお兄さんが腹違いの妹さんのために書いたものなんです」

「…………え…………?」

ますますわけがわからない。僕も田中と同じく、唖然としてしまっていた。腹違いの妹というと真壁の婚約者の清水由香里だ。なぜ『婚約者を殺した』という遺書が妹のためになるんだ?

「……あの……意味が、わからないんですが……」

田中が恥ずかしそうに問いかける。いや、恥ずかしいことはないと思うぞ。普通わからないって。心の中でそう呟いた僕もまた、解説を求め城田を見つめた。

城田が再び、田中に、そして僕へと視線を向けたあとに、すっと手を上げたかと思うと、芝居がかった動作で内ポケットにその手を入れ、ひらり、と一枚の紙を取り出した。

「それは……?」

「お兄さんが削除した真壁さんからのメールです。申し訳ないが復元させてもらいました」

「えっ?」

いつの間に、と僕は驚いたあまり声を上げてしまったのだが、城田は黙っていろ、というように咳払いをし僕を睨むと、その紙を手にしたまま田中に向かって話しかけた。

「驚かれることと思います。さぞ動揺もされることでしょう。どうします? 真実を知りたいですか? 受け止める覚悟はありますか?」

「覚悟は……どうあれ、真実は知りたいです」

兄の死にかかわることなので。そう告げた田中に城田は、

「そうですか」

と極上の笑みを向けると、紙は手にしたまま静かな口調で話し始めた。

「真壁さんは間違いなく自殺です。自殺の動機は愛でした。あなたのお兄さんへの」

「なんですって⁉」

「嘘だろっ？」

田中と、そして彼同様仰天した僕の驚きの声がそれぞれ室内に響く。

「これから説明しますから」

落ち着いてください、と城田は僕たちに向かい、にっこりと、それは優雅に微笑んでみせたあとに、驚くべき『説明』をし始めた。

「真壁さんは、田中さん、あなたのお兄さんを愛していた。でも告白する勇気を持てず、親友として生涯付き合っていくことで満足しようとしていたのではないかと思われます。親の勧めもあったでしょうが、結婚を決意したのも、お兄さんへの想《おも》いを真壁さんなりに断ち切ろうとした、その表れではないかと思えるんです。でも……」

ここで城田は言葉を切り、呆然とした顔で話を聞いていた田中に同情的と思える視線を向けた。

「……やはり、気持ちを断ち切ることはできなかった。挙式が近づくにつれ、真壁さんが落

ち込みがちになったのはおそらく、やはり自分の気持ちに嘘はつけなかったと自覚したためだった。しかし今更、挙式をやめるということはできない。何より婚約者の由香里さんに申し訳がない。だが、結婚すればしたで彼女を不幸にすることは目に見えている。悩んだ結果真壁さんは死を選んでしまった。死出の旅に出る前に、長年抱き続けてきた自分の想いを、お兄さんに告げる遺書を残して」

そう言い、城田が持っていた紙片をすっと田中に差し出す。

「……え……？」

田中は震える指先を伸ばし、その紙を受け取った。

「……嘘……だ……」

その紙はA４用紙にプリントアウトされたメールのようだった。中を読んだ田中は、一言呟いたかと思うと、はらり、と紙を取り落とした。

拾おうとしたのは、何が書いてあるのかを読みたかったためもあった。

床に落ちたそれを拾いながら、ざっと内容に目を通す。

「…………」

驚きの声が漏れそうになるのを気力で堪え、城田を見る。頷き返した城田が、貸して、というように手を差し伸べてきたので彼に返したその紙には、次のような文面が記されていた。

『ずっと君のことが好きだった。

出会った頃から——高校時代からずっとだ。

告白すれば気味悪がられると思ったから、ずっと胸の内に隠していた。

このまま一生、隠しておこうと思っていたんだ。だからこそ、結婚もしようとした。

でも無理だった。やっぱり僕は君が好きだ。君への気持ちを胸に抱えたまま、他の人と生涯の愛など誓えない。

もう死ぬしかない。そう思った。

最後に、君にこの気持ちをぶつける我儘《わがまま》を許してほしい。

いや、許してくれなくてもいい。

きっと君は驚き、そして僕を嫌悪することだろう。

それでもいいんだ。たとえ憎しみであっても、生涯君に覚えていてもらえるのなら。

愛している。

愛している。

愛している。


愛している。

生涯かけて。僕が愛したのは君だけだ。　真壁』

「………メールの……遺書……」

本物なのだろうか。僕の考えを読んだように、城田が口を開く。

「本物だよ。これもまた証拠の一つだ」

そう告げたかと思うとまたマジシャンのような芝居がかった仕草で城田はポケットアルバムを取り出し、僕に驚きの声を上げさせた。

「それ……っ」

いつの間に持ち出したんだ、と驚いた僕をじろりと睨んで黙らせると、城田はそのアルバムを、どうぞ、と田中に差し出した。

田中がおずおずとそれを受け取り中を開く。

「真壁さんのものです。お兄さんと旅行に行ったときの思い出の写真でしょう。大切に引き出しに保管されていましたよ」

「………そんな………」

言葉に詰まり、ただただページを捲ることしかできないでいる田中に、城田は言葉を続けた。

「お兄さんはさぞ驚かれたことでしょう。そしてこう考えられたのではないかと思います。真壁さんの婚約者には——腹違いの妹にだけは、この事実を決して知らせてはならないと」

「それで遺書に嘘を?」

そんな、という思いが声となって零《こぼ》れ出る。

「………」

城田はそんな僕を一瞥したあと、そうだ、と小さく頷いた。

「妹さんにとってどちらが辛いか。婚約者に愛されていなかったと知らされることのほうがより辛いのではないかと、お兄さんは思ったのでしょう」

「………兄さんは……馬鹿だ……」

ぽつり、と田中が呟いたかと思うと、僕らの見守る中、両手に顔を埋《うず》めてしまった。

「妹の気持ちは推し量るのに、どうして僕の気持ちを考えてくれなかったんだ……兄さんがこの世からいなくなることがどれだけ僕にとっては辛いことか、なぜ、それがわからなかったんだ……っ」

うう、という田中の嗚咽《おえつ》が微かに響いてくる。忍び泣くその声は号泣といってもいいほどに大きくなり、上手い慰めの言葉をかけることもできずに僕は――そして城田もまた、じっと押し黙ったまま、田中の涙が収まるのを待ったのだった。

ようやく田中の涙が収まりかけたとき、時計の針は二十三時五十五分を指していた。

「……すみません……取り乱してしまって……」

ハンカチで目を押さえながら田中が詫びる。

「いえ……。お気持ちはわかります……」

城田は同情的な声で相槌を打ったが、なぜか彼の挙動は不審だった。

「わかります……が」

少々焦っている様子で、城田が田中に声をかける。

「もう夜も遅い。そろそろ……」

「し、失礼しました。それではお支払いを……」

田中がはっとしたように内ポケットから財布を出した。

「こちらが請求書です」

また手品のような仕草で城田はひらりとＡ４の紙を取り出すと、すっと田中の前に置いた。

「調査内容はくれぐれも、他言無用でお願いします。お兄さんもそれを望まれているでしょうから。警察には私から、お兄さんはやはり自殺で、遺書に書かれている内容は真実ではないと報告しておきますよ」

優しく微笑み――とはいえ、更に焦ったようにはなっていたが――城田がそう告げるのを聞き、田中は感情の昂《たか》まりを抑えることができなくなったようで、再び泣き崩れてしまった。

「う……っ……ううっ……」

「田中さん、支払いを……」

　ここは慰めるところだろうと思うのに、城田はなんと、いきなり支払いを急《せ》かし始めた。

「あの」

　ここは泣かせてやれよ、と彼を睨む。なぜだか城田も僕を睨み返したかと思うと、

「君、速水君」

　といきなり僕の名を呼んだ。

「はい？」

「あとは頼む」

　そう言い残すと城田はなんと、バックヤードへと向かい駆け出していってしまったのだ。

「ちょっと……っ？」

　一体どうした、とその背に問おうとした僕の耳に、ボーン、という壁掛け時計のクラシカルなベルの音が響いた。

「え？」

　時計を見るとまさに今、午前零時を迎えたところだった。

「す、すみません、こんなに遅い時間に……」

　時計の音は田中をも我に返らせたようで、慌てた様子で財布から金を取り出そうとする。

「あ、いいえ。どうぞごゆっくり。先生はその……十二時にクライアントから電話が来る予定

がありまして。大変失礼しました」

　何がどうなっているのか、僕だって教えてほしいくらいだが、動揺する田中を前にしてはフォローに回らないわけにはいかない。

「ああ、そうだったんですか。急に席を外されたので、何かご不快にでも思われたのかと……」

　おどおどと気にした素振りを見せる彼に、

「いや、そうじゃないんです。こちらこそ申し訳ありません。先生はその……多忙で……」

　作った笑顔を向けつつ、一体あいつは何をしてるんだ、とバックヤードへのドアをちらと見やる。

「そうですよね。お忙しいですよね」

　田中はすっかり恐縮していた。

「あの、おつりを……」

「あ、はい」

　請求書に書かれた料金は思いの外リーズナブルだった。おつりが二百円だったので僕がポケットマネーで支払うことにする。

「……城田先生に、本当に感謝をしていたとお伝えいただけますでしょうか。先生のおかげでなんというか………言葉は悪いですが、すっきりしました」

「……そう……ですか」

自殺するような理由は思い当たらない上に、人を——親友を殺したという遺書を残して兄が死んだ。

他殺と疑ったが、状況的には自殺だ。真相を知りたい。ずっと張り詰めてきた気持ちが今、すべて解放された。

納得できる回答ではなかったかもしれない。だが求めていた真実は手にすることができた。兄が守りたかったものがわかった。兄が自らの命を投げ出してでも守りたかったもの。兄の遺志を継ぎ自分も守り続けることにしよう——田中の顔にはその決意が溢れていた。

悲しみは癒《い》えてはいないようだが、それでも少しだけふっきれた様子となっている田中に僕は、

「どうもありがとうございました」

と二百円を渡し、頭を下げた。

慰めの言葉をかけようか否か迷った結果、何も言わないで送り出そうと決めた。

気持ちはわかる。心情として嘘はなかったが、もしも自分なら軽々しくそんなことを言われたくないと思ったためだった。

「城田先生に、くれぐれもよろしくお伝えください」

本当にありがとうございました、と、田中は何度も何度も、それこそ膝に頭がつくんじゃゃ

ないかと思われるほど丁寧にお辞儀をし、事務所を出ていった。

バタン、とドアが閉まる。ある種の感慨を胸に田中の背を見送っていた僕はその瞬間、はあ、と深い溜め息を漏らしてしまった。

なんともやりきれない思いがした。事実は小説よりも奇なりという言葉があるが、こうも救いのない『事実』を受け止めるしかない田中が気の毒で仕方がない。

誰が悪い、というものではなかった。真壁に同調はできないものの同情はするし、田中の兄に至っては気の毒としかいいようがない。

妹への想いもあったのだろうが、真壁の気持ちに気づいてやれなかったことを彼は悔いたのかもしれない。

後追い心中のようなものだったのかも、と思いながら僕は、田中が置いていった真壁からのメールのプリントアウトを手に取り、繰り返し記された『愛している』の文字を眺めた。

高校時代からずっと、田中の兄のことだけを想い続けてきた。想いを伝える勇気はない。親友として傍にいられるだけで満足だ。焦がれるほどの恋情を十数年も抱き続けていたのか、と思う僕の口から、またも深い溜め息が漏れる。

今まで、人を好きになったことがなかったわけではない。二十五歳ともなると人並みに恋愛経験はあるし、付き合った彼女も学生時代から数えて三人いた。

同年代と比べて多いのか少ないのか。なんとなく少ない気はする上に、『付き合った』といってもごくごくライトな関係で、三人が三人とも自然消滅だったように思う。

身体の関係は三人ともあったし、僕なりに彼女たちのことはそれぞれ好きだった。でも、なんとなく価値観がずれてるなと感じたり、仕事が忙しくて——僕の、ではなく相手の、というところがちょっと男として情けなくもあるが——擦れ違いの日々が続いたり、と、それこそ真壁のように『焦がれるほどの想い』を抱いていたわけではなかったように思う。

僕もそんなふうに人を好きになる日が来るんだろうか。

『愛している　愛している　愛している』

印字される文字を見やる僕の手は、傍らに置かれていた真壁のアルバムへと伸びていた。

楽しげに笑う、高校生時代の真壁と田中兄。真壁にとっては共に過ごせるこの瞬間が至福のときだったのだろう、と田中兄の肩を抱く彼の笑顔を見つめる。

彼が勇気を出して田中兄に告白していれば、また違った道が開けたのかもしれないが、同性を愛したことがない僕にはそのふんぎりをつけるのにどれだけの勇気がいったかということを想像するのも困難だった。

ぶつかって、駄目なら諦める——そんな単純なものではなかったのだろう。僕自身、ゲイに対して嫌悪感を抱くことはそうないが、世の中には受け入れられないタイプの人間がいることくらいは知っている。

加えて、親友から告白されたなんて体験もないので、実際どういう気持ちになるのかというのも想像がつかない。

そういや僕には『親友』といえるような間柄の友人はいなかった。人付き合いは苦手というわけではないのだが、がっつり付き合うことを、少々荷が重いと感じるタイプなのだ。

それなら、と、たとえば今一番付き合いのある、担当編集の神谷に告白されたら、と想像してみた。

『お前が好きなんだ、レイモン』

「…………ないな…………」

嫌悪感を抱くところまではいかないが、距離は置くようになるかもしれない。それを恐れる気持ちは想像できなくもなかった。

切ないな——またも溜め息をついてしまっていた僕だが、それにしてもなぜ城田は唐突に席を外したのか、今更ながらそのことが気になり、ソファから立ち上がった。

「先生?」

バックヤードに通じるドアをノックしたが返事はない。

まさか倒れていたりして? 気分が悪くなったから退場したのか?

そんなふうには見えなかったけれど、もしかしたら虚勢を張っていたのかもしれない。

「先生、大丈夫ですか?」

それで僕は慌ててそう声をかけながらバックヤードへと通じるドアを開いたのだが、目の前に開けた光景には戸惑いを覚え、思わず疑問の声を上げてしまった。

「なんでっ⁉」

「…………速水…………くん……」

その場に城田は確かに——存在していた。

が、そこにいる彼は自信に溢れる稀代の名探偵『城田典嗣』ではなかった。

「…………なんで……？」

おどおどした仕草で声をかけてくる、ぼさぼさ頭にダサい黒縁眼鏡の城田を——高校時代そのままの冴えない彼を前にした僕は、呆然とその場に立ち尽くしてしまっていた。

7

「あの、先生？」

戸惑いから脱するとすぐに僕は城田に、なぜそんな姿でいるのかを確かめようとした。

「は、速水君、お願いだ。話は明日にしてもらえないか？」

「いや、別に話なんてないですけど？」

無事なら別にいいのだ。あ、そういやおつりの二百円は欲しいけど。

でも明日貰えるのならまあいいか。そう思い、僕は、

「それじゃ、お先に失礼します」

と頭を下げ、家に帰ろうとした——のだが。

「ああ、もうまだるっこしいっ」

いきなりもくもくとスモークが立ちこめたかと思うと、見覚えのありすぎるほどにある長身がその場に現れた。

「あ」

「デ、デイモンさんっ」

驚く僕の声と、悲鳴のような声音で名を呼ぶ城田の声がシンクロして響く。

「なんで？」

また『契約を』か？　と、僕は少々うんざりしつつデイモンを見やったのだが、彼の視線の先に僕はいなかった。

「なぜ、告白しない」

「む、むりですぅ」

「何が無理だ」

きつく問い詰めるデイモンと弱々しく答える城田を僕は少しの間見ていたが、すぐに興味を失った。

「それじゃ、お先に失礼します」

「待て」

ぺこりと頭を下げ、退出しようとした僕にデイモンが声をかけてくる。

「なんでしょう。でも……」

契約の件ならそれこそ明日以降、と言おうとした僕の言葉に被せ、デイモンの苛《いら》ついた声が響く。

「十秒待て」

「十秒？」

短いな、と問い返したと同時にデイモンがすっと左手で天を指差した。

「うわっ」

稲妻が光り、室内が一瞬真っ暗になる。すぐに明るくはなったが、演出効果満点の状態でデイモンが行ったのはなんと、城田を元の超絶イケメンに戻す、という作業だった。

「あれ……？」

自身の身体を見下ろし、城田が戸惑った声を上げる。

「今日は特別だ。さあ、今こそ願いを叶えるのだ」

どうやらデイモンは城田を焚《た》きつけているようだ。それより何より僕はデイモンがこの場に登場した理由と、それに城田がなぜ、一旦は本来の冴えない姿に戻ってしまっていたのか、それが気になり、盛り上がる二人に割り込むようにして声をかけた。

「あの、ちょっとすみません。さっきからお二人で何を話されてるんですか？」

是非とも僕に教えてほしい。その主張に反応したのは城田のみだった。

「な、なんでもないよ。ああ、速水君、お疲れ様。もう帰っていいよ」

「……はあ……」

なぜにそうも焦る。わけがわからない、と首を傾げた僕の前で、デイモンが呆れ果てた顔になる。

「お前は私との契約を履行しないつもりか」

「契約?」

確かデイモンと城田の契約内容は、稀代の名探偵になることじゃなかったか。それなら充分履行されていると思うが、と疑問を覚え問いかけると、デイモンはようやく僕を振り返り、やれやれ、というように肩を竦めてみせたのだった。

「名探偵になりたいという願いともう一つの願いの間でこいつは迷いに迷ったのだ」

「へえ」

他に相槌の打ちようがなく頷いたあとに僕は、そういえば、とあることに気づきそれをデイモンに問いかけた。

「願いって一つなんだ」

「当然だろう。魂は一つなんだから」

「なるほど」

言われてみればそのとおり、と納得した僕にデイモンが、

「だが」

と言葉を続ける。

「こいつは迷いに迷ったために、仕方なく半分ずつということになった。それゆえ名探偵でいられる時間も、一日二十四時間のうち、昼の十二時から夜の十二時までの十二時間になっているのだ」

「なるほどねー」

そういうことか、と、膝を打つ思いで僕は城田を見やった。

昼の十二時以降でないとアポイントメントを受けつけないのも、さっき夜の十二時を過ぎる直前に、酷く不自然な様子で席を外したのも、一日の半分しか『名探偵』でいられないからだったのだ。

「……でもそれ、なんか狡《ずる》くないですか?」

感心はしたものの、本来一つのところ結局は二つ願いを叶えてもらっていると思うと、不公平なんじゃないかとデイモンを振り返る。

「お前も二つがいいならそうするか?」

「え? いいの?」

勢い込んで確認をとったが、

「二つ目は?」

と問われ、何にしようかと考えた。

「そうだな……」

「思いつかないのなら別に一つでいいのではないか?」

「……まあ、そうだけど」

欲張るなということか、と肩を竦める。

「どうやら気持ちが固まったようだな。さあ、契約をしよう」

「え？」

どうしてそうなる？　問いかけた僕にデイモンがますます呆れた顔になった。

「その気もないのに二つ目の願いを申し出ようとしたのか？」

「……いや、それは……」

言われてみればそのとおり。うっと言葉に詰まるとデイモンは身を乗り出し、僕に迫ってきた。

「私の力が信用できないということだったが、その目でしっかと見ただろう？　城田典嗣の名探偵としての地位は私の力なくしてはできないことだ。隠滅された証拠も私の力があれば復元できる」

「あのメールは……」

そうだったのか、と城田を振り返る。城田は恥ずかしそうに顔を伏せたが否定はしなかった。

「……名探偵……か」

現場に行けば事件時の光景が頭の中で再現される。証拠もデイモンの力で復元できる。

それで『名探偵』を名乗るというのもなんだかな、という僕の思考を読んだのか、城田は何も言わずにその場で項垂れていた。するとむくむくと彼の周囲を煙が取り巻き、何事が起きているのかと僕が啞然としている間に、城田は元の冴えない彼に戻ってしまった。

「ええ?」

「本人のモチベーションが下がった結果だ」

驚く僕にデイモンはそう言い捨てたかと思うと、「話を戻すぞ」と城田へと向けられた僕の視線を戻そうとしたのか、両肩を摑み顔を覗き込んできた。

「事件解決の手段は別にどうでもいいだろう。目的は果たせているのだから」

さあ、契約を、と再びデイモンが迫ってくる。

「うーん」

迷うな——正直僕は、デイモンとの契約をこのまま締結していいものかどうか迷い始めてしまっていた。

「今更迷うこともないだろう」

相変わらず人の心を読むデイモンが、むっとした顔になり僕を睨む。

「約束だったはずだ。城田の名探偵としての仕事ぶりを見たら契約をすると。プロセスはともかく、結果にはお前も満足したのだろう? なのに何を迷うのだ?」

まさに正論。このままでは悪魔の彼より僕が嘘つきということになる。

死後の魂がどうなろうが知ったこっちゃないという考えが変わったわけではないが、それでも僕が迷うのは、と傍らで項垂れる城田へと視線を向けた。

「今の彼の姿が情けないのは、先ほども言ったが十二時間しか『名探偵』ではいられないからだ」

「わかってます。それは」

今さっき聞いたことを忘れるほどボケちゃいない。

イケてないとは思うが、顔立ち自体は整っている。『名探偵』のときのように、自信に溢れた堂々とした素振りをしていればいいのに、とは思うが、どちらかというと自分にとっては今の彼のほうが好ましかった。

「嘘だろう?」

またも僕の心を読んだらしいデイモンが、心底驚いた声を上げる。

「え?」

どうやら『名探偵』ヴァージョンのときしか城田は人の心が読めないようで、きょとんとした顔をしていた。

「こいつ、今のお前のほうが好みだそうだ」

そんな彼にデイモンが、信じがたいだろう、と言いながら読んだ僕の気持ちを伝えている。

「嘘っ」

「いや、好みとまでは思ってないし」

動揺する城田の声と僕の声が重なって響いた直後、その城田が僕に縋ってきた。

「本当かい？　速水君。こんな情けない僕が本当に君の好みなのかい？」

「だから『好み』までは言ってないですって」

人の話を聞けよ、と身体を引くと、城田ははっとした顔になり、

「そうだよね………」

ごめん、と素直に謝り、とぼとぼと僕から離れていった。

「本当にアレが好みなのか？」

やはり信じられない、とデイモンが訝しげな顔で問いかけてくる。

「『名探偵』ヴァージョンよりは」

正直なところを言うと、また城田が、

「嘘だろっ」

と絶望的な声を上げた。

「僕はどうしたらいいんだ……」

ああ、と頭を抱えてしまった彼の気持ちがさっぱりわからず僕は、

「どうしたんだ？」

と彼に、続いてデイモンに問いかける。

「かくありたいと望んだ姿をお前に気に入ってもらえず、落ち込んでいるんだろう」

デイモンは、やれやれ、というように溜め息をつきつつ城田を見ていたが、すぐ、

「だが」

と僕へと厳しい視線を向けてきた。

「お前の好みではなかろうが、それが契約を断る理由にはならないはずだ。名探偵は名探偵なのだから」

「……あの、一つ聞きたいんですけど」

「それを聞けば契約するんだな？」

僕としては城田に問いかけたつもりだったのだが、答えたのはデイモンだった。

「…………」

あんたじゃない、と言いかけたものの、城田はとても答えられるような状況ではなさそうなので、仕方なくデイモンに聞くことにする。

「彼の望みは『稀代の名探偵』になることだったんですか？」

「どうだったかな」

デイモンが少し考える素振りをする。

「……『稀代』まではお願いしなかったかと……」

と、横からおずおずと城田が声をかけてきたが、僕が振り返ると彼はまた頭を抱えるようにして下を向いてしまった。

「ああ、そうだった」

思い出した、というようにデイモンが明るい声を上げる。

「『稀代』はオプションだ。ただの名探偵など、つまらないではないか。何せ魂と引き替えなのだ。外見も能力も、飛び抜けたものにしてやろうと、親切心を起こしたのだった」

「気前がいいいんだか悪いんだか……」

魂がそれほど価値があるものなら、二つの願いをフルで叶えてやれよ、と思わないでもない。

それに『稀代の』ではなく『普通の』名探偵にしておけば、十二時間ではなく二十四時間、保つことができたんじゃなかろうか。

「お前の願いではないのだから、口を出さずともよかろう」

デイモンがむっとした様子で僕を睨む。

「それでその『願い』がなんだというのだ」

「城田さんが『名探偵』になりたい理由はなんだったのかなと思って」

「理由?」

デイモンが問い返すその後ろで、城田の肩がびくっと震えたのが見えた。

「そう。もともとが『稀代の名探偵』になりたいという願いだったら、有名になりたいとか、世間にちやほやされたいとか、そういったことが理由なんじゃないかなと思ったんだ。でも、それがあなたのオプションだとすると、城田さんが名探偵になりたいという理由はなんだったのかなと……」

　昨日城田は僕に、推理もしない探偵なんてと詰《なじ》られた際『それでも人の役には立てる』と告げていた。

　あのときはそれほど心に響かなかった言葉だが、今思い返すと、ずしりと胸に響く。なぜか。考えなくても答えはわかっている。

　城田が自分の地位や名誉より、人の役に立ちたいという動機から『名探偵になりたい』という願いを抱いたのに比べ、自分の『ベストセラー作家になりたい』という願いはどこまでも自分だけのためのものだということを思い知らされ、それが恥ずかしくなったためだった。

「別に恥ずかしがることはないと思うが」

　デイモンが不思議そうな表情を浮かべながら僕の顔を覗き込む。

「世のため人のためになるような願いをする人間などごくごく少数だ。たいていの人間はエゴの塊だぞ」

「僕も含めて……」

「だからなぜそこで恥じるのだ」

　正直わからん、とデイモンは首を傾げてみせたあと、くるりと城田を振り返った。

「わかるか?」

「……わかる……ような、わからないような」

「どっちだよ」

「どちらだ」

おどおどと答えた城田に、僕とデイモン、同時にツッコミを入れていた。

「す、すみません……」

更におどおどし始めた城田に、デイモンがつかつかと歩み寄り顎に手を添え上を向かせる。

「キスっ？」

またか、と、どん引きしつつも見入ってしまっていた僕の前で、城田が、

「や、やめてくださいっ」

と首を横に振る。

「馬鹿め。なぜキスだ」

デイモンは呆れたようにそう言うと、

「顔を上げてはっきり答えろ」

と城田をじろりと睨んだ。

「あ、あの……」

「わかるのか。わからないのか。説明できるのかできないのか。私はおどおどする人間も愚図愚図する人間も大嫌いなのだ」

「ならなぜ彼に契約を持ちかけたんです」

名探偵に変身前の城田も、そして遠い記憶を遡った高校時代の彼も、『おどおど』『愚図愚図』の代表格といっていい性格だったように思う。

わざわざ『大嫌い』なタイプに契約を持ちかけたその意図は？　と尋ねた僕を煩そうにデイモンは振り返ると、一言、

「名前だ」

そう告げ、僕の頭の中をクエスチョンマークだらけにしてくれた。

「名前？」

「ああ、彼の名は読み方を変えると『てんし』になるだろう」

「…………………」

得意げに言われ、僕は唖然として彼を見返した。

「なんだ」

「いや、音読みとか、よく知ってるなと思って」

見た目外国人なのに、と感心してから、ちょっと待てよ、と今更気づく。

「てかそれだけの理由で？」

「悪いか？」

何か不満でも？　と、むっとするデイモンにも驚いたが、そのデイモンに向かって、

「それが理由だったのか！」

と城田が叫んだのにも僕は仰天し、思わず叫び返してしまっていた。

「今、知ったんかいっ」

「いや、なんで僕なのかなとは思わないでもなかったんだけど……」

ぼそぼそと答える城田はやはり『おどおど』『愚図愚図』している。それにも増して名前の音読みが気に入ったのか、と呆れていた僕の前ではデイモンが、

「私がお前を指名した理由などどうでもいい。先ほどこいつが言ったことを早く説明するのだ」

そう城田を小突いていた。

「ですから、その……速水君は志が人より高いんだと思います」

「いや、それは違う」

志が高い人間が、エゴ丸出しの願いを考えるわけがない。それを言ったら、と僕は城田を見返し言葉を続けた。

「志が高いのは城田さんでしょう。悪魔との契約に、人の役に立ちたいという願いを思いつくんですから」

「いや、そんな……」

僕の前で見る見るうちに城田の顔が紅くなる。

「僕はそんな……」

照れる、というよりは恐縮している様子の城田はとても謙遜しているようには見えず、そうも高い志を持っている上になんて謙虚な、と僕は心の底から感心していた。

田中の事件の対応もまた、思いやり溢れるものだった。解明した謎の公開をしないと依頼者の田中に約束させたのも亡くなった兄を思いやってのことだったし、それを説明するときの態度も田中を傷つけまいという思いやりを感じさせた。

高校時代の彼のことはほとんど覚えていない上に、『名探偵』としての彼のトンチキな振る舞いには正直引いてしまっていたのだが、案外、いい奴だったんだなと、今や彼の好感度は僕の中でぐんぐん上がっていた。

「馬鹿め」

と、またここで僕の心を読んだらしいデイモンが、いかにも意地の悪そうな声を出し、せせら笑うようにして僕を見た。

「なんだよ」

感じ悪いな、と睨み返すとデイモンはさも馬鹿にした口調で、予想だにしていない言葉を口にする。

「随分とこの男への株を上げたようだが、お前、こいつのもう一つの願いがなんだか知っているのか？」

「え？」

そういや聞いていなかった、と問い返そうとした僕の前で、今までおどおど愚図愚図していたはずの城田がものすごい跳躍を見せ、デイモンに飛びかかった。

「デ、デイモンさん、やめてくださいっ！　あなたまさか、言うつもりですか？」

「言うさ。悪いか？」

「悪いに決まっていますっ」

何を動揺しているのか、城田は真っ赤な顔をしてデイモンに抱きつき、手で彼の口を塞《ふさ》ごうとする。

「え？　キス？」

また、と驚く僕に城田は、

「キスじゃないっ」

と怒鳴ったあと、打って変わった懇願モードでデイモンに縋った。

「お願いです。言わないでください」

「しゅ、修羅場？」

「だから違うって」

叫ぶ城田をデイモンは面白そうに眺めていたが、尚も城田が縋ろうとするのを、ひょいと避けると、前につんのめった彼の背を突き飛ばして完璧に転ばせ、床に這《は》い蹲《つくば》ったその背に片脚を乗せて、起き上がらせないようにした。

「デイモンさんっ」

「人の嫌がることをするのが悪魔だ」

無様な格好で叫ぶ城田に対し、勝ち誇ったようにそう告げるとデイモンは、これは新手のSMプレイか何かか？　と二人の様子を見守っていた僕へと視線を向ける。

「教えてやろう。エゴにまみれたこいつのもう一つの願いを」

「はあ」

たいして興味があったわけではないが、ここまで城田が知られるのを嫌がる様を見ては、ちょっと知りたくなった。

僕も悪魔なみに性格が悪いってことだろうか、と内心首を竦めつつも、一体どんな凄い『エゴ』願いだと、期待を込めた眼差しをデイモンへと向ける。

「デイモンさんっ！　お願いですからーっ」

泣き叫ぶ情けない城田の声が室内に響く。

「煩いというに」

そんな彼をぐっと踏みつけたあと、デイモンはにっこり、とそれは華麗に微笑み、単なる意地の悪い好奇心を満たそうとしていた僕を仰天させる言葉を口にしたのだった。

「こいつのもう一つの願いはな、お前と恋人同士になることだ」

「…………え…………？」

ちょっと意味がわからないんですけど。

固まった僕の耳に、城田の号泣する声が響く。

「もう、おしまいだーっ！」

「泣くな。男のくせに」

またも、ぎゅう、とデイモンが城田の背中を踏んづける。

「え？　ええ？」

しくしく泣き出してしまった城田と、そんな彼を、やれやれというように見下ろしていたデイモンを前に僕は、今、自分が聞いた言葉がいかなる意味を持つものか理解することができず、ただただ呆然と立ち尽くしていた。

「ああ、もう、うざったいな」

デイモンが城田の背を蹴りつけ、再び僕へと視線を向ける。

「あまりに意外すぎて理解に繋がらないようだな」

にやりと、それは意地悪く笑いながらデイモンが僕の心を正確に読んだ言葉を口にする。

「この泣き虫男は、高校生のときにお前を図書館で見かけて以来、ずっとお前のことが好きだったのだ。それこそ十年間、お前だけを想い続けてきたんだと。それで魂と引き替えに願ったのだ。お前と恋人同士になりたい、と」

二つの願いのうちの一つだが、とデイモンがまた、意地悪く笑う。

「えーっ⁉」

その意地悪い口調が意味するものはおそらく、オンリーワンの願いではなかったのだぞということだろう。それは理解したものの、やはり僕は状況を理解しきることができず、またも大声を上げてしまった。

「お前も煩いな」

黙れ、とデイモンが僕を睨む。

「いや、ちょっと驚いてしまって」

「驚いたのは私だ」

「え？」

デイモンが驚くことに心当たりはない。またもここで爆弾発言が？　と身構えつつも問い返す。と、デイモンは、今や部屋の隅で膝を抱えてしまっている城田をちらと振り返り、

「あいつの話とは随分違ったからな」

と吐き捨てるような口調で喋り始めた。

「あいつの話では、同じクラスにこそなったことはないが、図書館でよく顔を合わせていたのできっと認識はしてくれているはずだということだった。だが実際はどうだ？」

「……いや、認識くらいは……していた……よ？」

語尾が限りなく怪しくなる。確かにほとんど覚えていなかったかも、と高校時代を思い返

していた僕は、部屋の隅にいる城田の肩ががっくりと落ちたことに少々罪悪感を覚えた。

「でもほら、ちゃんと思い出したし。図書館での先輩の財布がなくなった事件とか」

「十年間、一度たりとて思い出したことがなかったがな」

フォローしようとしたのに、それをきっちりデイモンが潰《つぶ》したおかげで、またも城田の肩が下がる。

「意地悪だな」

「事実だろう？」

デイモンはそう笑ったあと、

「ともあれ、だ」

とあっさり話を切り替えた。

「自己認識と現実が異っていようがいまいが、私が願いを叶えることに変わりはない」

「……どちらかというと潰そうとしているようにしか見えませんけど」

思わず突っ込んだ僕にデイモンが「そうか？」と目を見開く。

「私の言動のどこが潰そうとしているように見えたのだ？」

「だから、せっかく城田さんへの好感度が上がったところを、あなたが潰しにきたんじゃないかと……」

エゴとは無縁の素晴らしい人徳。感心していたところに『エゴまる出しの願い』をわざわざ教えてくれたのは、潰す以外の何ものでもないだろう。

その上、デイモンの口を塞ごうとして城田は泣き叫んだ挙げ句、床に這い蹲らされてしまった。

これじゃあ、好感度はだだ下がりだろう、とデイモンを見る。

「わかってないな」

デイモンはふっと笑って僕から目を逸らしたものの、一瞬彼が、しまったな、というような表情を浮かべたのを僕は見逃さなかった。

「わざとに決まっているだろう。偽りの姿に好意を寄せたとしても、真の姿を見て気持ちが冷めては意味がない。それなら最初から真の姿を見せ、この上なく気持ちを冷めさせてからスタートしたほうが、恋愛関係になるにはより効率的であろう」

「詭弁《きべん》……」

この上なく冷めた気持ちから果たして恋愛感情が生まれるのか。可能性としては低いだろうに、という僕の心をデイモンは読んだに違いない。が、それに対して突っ込んでくることはなかった。

「さあ、夜の十二時から明日の昼の十二時までは、もう一つの願いを叶える時間だ」

唐突にそう言い出したかと思うと、つかつかと城田に歩み寄り、彼の腕を摑んで強引に立たせた。

「そんなことを言われても…………」

今や城田は憔悴《しょうすい》し切っていた。気持ちはわからないでもない。隠していたことがすべて露呈した——というか、デイモンにより露呈された、が正しい——上、これ以上ないほどに無様な姿を晒《さら》してしまったのだ。

他人事とはいえ気の毒だ、とその姿を見やった僕の前で、デイモンは実に責任感のないことを言い出し、僕を唖然とさせた。

「大丈夫だ。今のレイモンのお前への気持ちは決して悪いものではないぞ。同情から恋情に変わるなど、よくあること。あとはお前の頑張り次第だ」

「……む、無責任だ………」

思わず呟いた僕をじろりと睨んだかと思うとデイモンは、

「夜は長い。朗報を期待している」

それだけ言い捨て、すっと左手を上げ天を指差した。

「うわっ」

途端に稲妻がまた光ったあと、室内が真っ暗になる。

「…………誤魔化しやがったな……」

思わず呟く僕の声が暗闇《くらやみ》の中で響いた。途端に頭を叩かれ、誰だよ、と周囲を見回す。

「次こそ契約をするからな」

犯人は言わずと知れたデイモンで、僕の耳元でそう告げたかと思うと彼の気配がすっと消えた。直後に部屋の灯《あか》りがぱっとつく。

「なんなんだよ、もう」

部屋にはもう、デイモンの姿はなかった。ぶつくさ言いながら周囲を見回した僕の目に、意外なものが飛び込んでくる。

「あれ？」

「どうしたんだい？」

そんな僕の視線を捉《とら》え、にっこり、と微笑みかけてきたのは、先ほどまで部屋の隅で膝を抱えていた城田——のはずだった。

だが目の前にいる彼はあのぼさぼさ頭の情けない姿ではなく、『名探偵』としての自信に溢れるセクシーな二枚目姿で、この夜中にまた変身かよ、と僕は半ば呆然としつつ、にこやかに歩み寄ってくる彼の姿を見つめてしまったのだった。

「えーと、なんでまた、そっちの姿になったんですか？」

問いかけた先、『稀代の名探偵』ヴァージョンの城田は、小首を傾げるような素振りをしたあと――これがまた、世の女性たちのハートを鷲摑《わしづか》みにするに違いないほど、セクシーで決まっているのだ――またも、にっこり、と少し困った様子で微笑んだ。

「おそらくデイモンが気を利かせてくれたのだと思うよ。僕はこの状態でないと、君を口説《くど》くことができないから」

「……だから……」

なんでも正直に言えばいいというものじゃないと思うのだ。真の姿を晒すことが恋愛関係に陥る近道だのなんだのとデイモンは適当なことを言っていたが、『真の姿』でどん引きされたら、恋に落ちる可能性が減るんじゃなかろうかと思えて仕方がない。

「そうかな」

「人の心を読まないください」

探偵ヴァージョンのときの彼は、対面する相手の心が読めてしまう。あまり気持ちのいいものではないということを伝えねば、と僕は彼を睨みきっぱりそう言い捨てた。

「わかった。君の心は読まない。約束しよう」

本当は誰の心より気になるのだけれど、と城田がウインクし、僕の肩に手を回す。

「一杯飲まない？　ワインがいいいな。付き合ってはもらえないだろうか」

「いや、もう帰ります」

明日も早いんで、と言いかけ、十二時出勤なら早くはないか、と思い直す。

「そう、早くないよ」

「だから心を読まないでくださいって」

「読んでないよ」

ははは、と笑いながら城田が強引に僕の背を促し、事務所に向かうドアではないほうのドアへと向かっていった。

「へえ」

ドアの向こうはリビングダイニングになっていた。どうやらここが城田の生活スペースらしい。

「奥にバスルームやベッドルームがある」

「それが？」

どうした、と言い捨てると僕は城田の腕を振り払い、

「やっぱり帰ります」

と一歩下がった。

「そう言わず。事件が一つ解決したんだ。乾杯しよう」

君の慰労会だよ、と城田は僕の腕を掴むと、強引にソファまで連れていった。

「じゃあ乾杯したら帰ります」

「そう言わずに。ああ、お腹、減っていないかい？」

「別に……」

変身前の城田は、あうあう言っているだけで満足に話せないのに、今の城田は饒舌《じょうぜつ》だ。

確かにこのキャラじゃないと会話は成立しないかもしれないが、なんか違和感あるんだよなあ、と思いながらも僕は、一杯くらいは付き合うか、とソファに座った。

「ワインでいい？　ああ、シャンパンにしようか」

「なんでもいいです」

酒の好みは正直ない。嫌いというわけではなく、なんでも美味しくいただけるという意味だ。

自慢になることじゃないが、酒量で人に負けたことはない。城田が仮に僕を酔い潰そうとして誘っているのだとしても、先に飲み潰れるのは彼に間違いなかった。

「そう」

僕が希望を言わなかったせいで、心の底から乗り気ではないことが城田にも通じたらしい。少々がっかりしたように頷くと、

「待っていて」

と笑顔を残しキッチンへと消えた。

その間に、と室内を見回し、事務所とはまた違ったシンプルな内装を興味深く眺めた。

殺風景な印象はない上、ソファは総革張りだし、ガラスのセンターテーブルもなんだか高そうだった。

背の高い間接照明も洒落ているし、カーテンではなくブラインドだというのも雰囲気が合っていていい感じだ。

そしてソファの前には五十インチ以上はあると思われる大型テレビにブルーレイディスク、その横には結構本格的と思われるコンポもあり、マンションのモデルルームみたいだよなあ、と僕は居心地《いごこち》がよさそうでいて、尚かつ高級感の溢れているリビングを心の底から羨《うらや》ましく思い、自分の部屋とのあまりの格差に深い溜め息をついてしまった。

「お待たせ。チーズを切ったよ。それからこれ」

キッチンからやってきた城田がチーズを載せたガラス皿と、そして、グラスに数個盛った苺《いちご》を悪戯《いたずら》っぽく示してみせる。

「シャンパンといったら苺かなと思ってね」

「プリティウーマン?」

確かそんなシーンがあったと思いながら問い返すと、城田は嬉しそうに「ああ」と頷いた。

「同じことを連想するって、いいものだね」

「いや、普通するでしょう」

この連想は、と答えた僕を見て、城田が微笑む。

「君は変わらない」

「そうですかね」

確かに人からは童顔と言われることが多かった。が、高校時代からはさすがに面持ちも変わったのではないかと思う。頬へと手をやった僕を前に城田はくすりと笑うとキッチンへと戻り、今度はグラス二客とシャンパンクーラーに入れたシャンパンを手に戻ってきた。

器用な手つきでシャンパンの栓《せん》を抜き、二つのグラスに注ぎ入れる。

このあたりで僕は、自分は別にお客さんではなく、彼の『助手』役だったと思い出した。

「すみません、すべてやらせてしまって」

「敬語はいいよ。同級生なんだし」

今更手伝うことはなかったので詫びるだけに留めると、城田は笑って僕の謝罪を退けただけでなく、対等な口調で話そうと提案してきた。

「いや、しかし……」

今は立場が違う。稀代の名探偵と、その活躍をノベライズする小説家となると、やはり丁寧語で接するべきでは、と僕は答えようとしたが、実際のところは城田と距離感を保ちたいという思いのほうが強かった。

「かまわないよ。それよりさあ、乾杯しよう」

甘やかな微笑みを浮かべながら城田が僕にグラスを差し出す。

「ありがとうございます」

「だからタメ語にしよう」

城田は苦笑してそう言うと、僕に持たせたグラスに自身のグラスを軽くぶつけた。

「再会に乾杯」

チン、とガラスがぶつかる綺麗な音が室内に響く。上質のグラスはこの音も綺麗だと聞いたことがあるな、と思っている僕の目の前で城田がシャンパンを一気に飲み干した。

「君も飲んで」

「はあ……」

飲めと言われるなら、と僕も一気にグラスを空ける。

「美味しい」

感嘆の声を上げてしまったあと、ボトルを見て驚いた。

「ドンペリ?」

「記念すべき最高の日だからね」

驚愕から大きな声を上げてしまった僕のグラスに、にこやかに微笑みながら城田が超高級なシャンパンを注《つ》ぎ足してくれる。

「ありがとうございます」

店で飲むほどではないにせよ、値段が高いことは間違いない。いいのか？　事件は確かに解決したが、そのたびにドンペリで乾杯するなんて、ちょっと勿体なくないか？　と心の底から思いながらも、シャンパンの美味しさには勝てず、またも僕はごくごくと一気に飲み干してしまっていた。

「いい飲みっぷりだね」

城田が嬉しそうに微笑み、また僕のグラスをシャンパンで満たす。

「苺もどうぞ」

「ありがとうございます」

先ほどまでの憂鬱な気持ちはすっかり消えていた。我ながら現金だとは思うが、飲んだこともない高級シャンパンを振る舞われるなんて機会、滅多にないことだし、仕方ないよな、と自己を正当化する。

「気に入ってもらえて嬉しいよ」

城田もまた上機嫌となり、グラスを重ねていた。

「少し話をしない？」

三杯目を飲み終わると城田は新たにグラスを満たしてくれながら、僕の肩を抱いてきた。

「話？」

何を、と首を傾げかけ、事件の話題かなと思い当たる。

「なんとも切ない事件でしたね」

「事件？」

それで話題を振ったのだが、城田のしたかった『話』とは違ったのか、戸惑った声を上げられた。

「ええ、これ、事件解決の打ち上げでしたよね？」

違うのか、と確認をとると城田は「あ、いや……」と言いよどんだもののすぐ、

「そうだね。切ない事件だったね」

と話に乗ってきた。

「なんとかならなかったのかと思わずにはいられませんよね」

「なんとかって？」

「……死ぬことはなかったんじゃないかと、どうしても思っちゃうんですよね」

「誰が？　真壁さんが？　それとも田中さんのお兄さんが？」

「両方です」

答えたあと僕は、新たにシャンパンを注いでくれた城田に「ありがとうございます」と礼を言い、事件について自分の思うところを話し始めた。

「死ぬのってものすごく勇気がいることじゃないですか。その上、もう取り返しがつかないことでもある。ならどうして真壁さんは死ぬ前に自分の想いをぶつけてみようとは思わなかったんでしょう。確かに結婚話は進んでしまっていたし、田中さんのお兄さんには気持ちを拒絶された上で親友としての地位も失ってしまうことになったかもしれない。でも、百パーセントそうなるとは限りませんよね？」

「………」

問いかけた僕に城田は頷くでもなく、首を横に振るでもなく、ただじっと僕の目を見返している。何か言いたげではあったが結局彼は口を開かなかったので、言葉を続けることにした。

「もしかしたら気持ちを受け入れてもらえたかもしれない。僕がもし親友から告白されたら――って、親友と呼べるような相手はちょっと思いつかないですけど――その相手から好きだと告白されたとしたらどう思うかを考えたら……」

「ど、どう思うの？」

ここでなぜか今まで黙り込んでいた城田が勢い込んで問いかけてきた。

「え？」

「君はどう対応するの？　その親友に」

「うーん、そうだな……」

想像しようとしたが、やはり『親友』がいないだけに今一つ、実感が湧《わ》かない。わからない、と答えようとしたが、あまりにも城田がじっと見つめてくるので、何か言わねば、という義務感に駆られ僕は口を開いた。

「親友がいないだけにわからなくはありますが、高校時代から十年以上も想い続けてきたと言われたら、さすがに……」

「さすがにっ？」

更に勢い込んで尋ねられ、ようやく僕は、城田の意図に気づいた。

「あ」

そうだ。どこかで聞いたフレーズだと思っていたが、城田もまた僕のことを高校時代から十年もの間、ずっと想い続けていたんじゃなかったか。

しまった、うっかり忘れていた——って、そんな大切なこと、忘れてやるなよ、と自分でも思うが——と反省しつつ僕は、期待と不安に満ちた眼差しを真っ直ぐに向けてくる彼を前に、なんと答えるべきかを考えた。

「さすがに？　どう思う？」

答えを待ちきれなくなったらしい城田が僕を問い詰める。

「裏切られたと思うかい？　親友だと思っていた相手が恋愛感情を抱いていた場合」

「それは……ないかな？」

友情と愛情は紙一重だ。首を傾げつつ答えた僕に、城田がたたみかける。

「相手が自分を抱きたいと思っていたとしても？」

「抱きたい……か」

そうか、愛情には肉欲も含まれるのか。となるとちょっと迷うな、と考え込むと、見る見るうちに城田の顔が青ざめていく。

「やはり……気持ち悪い……かな？」

「人によるんじゃないでしょうかね」

他に言いようがなくてそう言うと、すかさず、

「君は？」

と突っ込まれた。

「どうだろう………」

そもそも『親友』がいないから想像のしようがない。答えはそれしかなかったが、城田の追い詰められたような顔を前にしては、そう逃げることはできなかった。

「………ええと、そうですね。相手が親友だとしたら、気持ちが悪いとは思わないかな、と思うんです。田中さんのお兄さんが自ら死を選んだのも、僕は後追い心中じゃなかったの

かなと思ったくらいですから」

もともとの話題は真壁と田中兄についてだった。ここは話を戻して終わりにしよう。咄嗟《とつさ》に僕はそう考え、早口で一気にまくし立てた。

「そうか。思わないか」

途端に城田の顔が輝き、僕の肩を抱く手に力が込もる。

「相手が親友だったら、ですよ」

親友どころか、友人でもなかっただろうが、という僕の心情は、どうやら顔にも声にもしっかり出ていたらしく、たとえ人の心を読む能力など携えてなくとも伝わってしまったようだった。

「親友なら……か」

城田がふっと笑い、僕の肩から腕を解く。

「飲もう」

そう言い、シャンパンを注ごうとしたが、すでにボトルは空だった。

「もう一本」

「いや、そろそろ失礼します」

いい機会だ、と立ち上がった僕に城田が慌てて声をかけてくる。

「そう言わずに。もう一本、ドンペリを開けるよ」

「そんな、悪いですよ」

正直、飲みたくはあったが、逆に引いてしまった部分もあった。そんな高いシャンパンを二本も開けてもらうとなると、見返りを期待されているのではと、どうしても考えてしまうからだ。

「今夜は失礼します。また明日」

愛想笑いを浮かべつつ、そのまま僕は城田の元を辞そうとした。

「そう……」

あからさまにがっかりした顔になったものの、城田もまた作った笑顔で僕を送り出そうとする。

と、そのとき。

「ああ、もうまだるっこしいっ」

またもいきなり怒声が響いたと同時に、稲妻が光り室内が真っ暗になる。

すでにパターン化してきたこの状況が誰の仕業か、わかりきっていたために驚くことも躊躇うこともなく、僕は部屋の灯りがつくのを待った。

「まったくもう、見ていられん」

想像したとおり、ぱっと明るくなったその場所に姿を現したのはデイモンだった。

あまりに想定内だったために僕は少しも驚かなかったのだが、城田は酷く取り乱した様子で、「ど、どうして？」

とデイモンに問いかけていた。

「見ていられなくなったのだ。せっかくその姿に戻してやったのに」

「……す、すみません……」

悪魔の前でしゅんとなる稀代の名探偵という、実に珍しいシチュエーションを横目に僕は、

「それじゃ、失礼します」

初志貫徹、とばかりにその場を駆け出そうとした。

「待て」

すぐにデイモンの手が伸びてきて、後ろから腕を掴まれる。

「痛っ」

「お前に今帰られては困るのだ」

振り解けないほどの強い力で腕を引かれ、城田の前まで引きずられる。

「困るのは僕ですよ」

帰らせてください、と尚も手を振り解こうとすると、全身に電流が走ったような、酷い痺《しび》れが流れた。

「うわっ」

なんだ、今のは、と驚いて声を上げた僕に、城田が慌てた様子で声をかけてくる。

「大丈夫かい？　速水君」

「大丈夫だ」

問われたのは僕なのに答えたのはデイモンで、なんでだよ、と僕はクレームを述べようと口を開きかけたのだが、一瞬早くデイモンが喋り出していた。

「生意気がすぎるので仕置きをしたまでだ。仕置きといっても脅かす程度で身体に害はない」

「よかった。全身が青く光ったから、てっきり酷いことをされたのかと思っていました」

城田がほっと胸を撫で下ろす。

「いや、充分酷いと思うけど？」

お前もいっぺん浴びてみろ、と城田を睨む。

「甘いな」

しかしここでデイモンがまた口を出し、すっと左手を上げかけたので、僕は慌てて謝ることにした。

「もういいですっ！　すみませんでしたっ！」

更に強い電気――なんだかなんなんだか――を流されてはたまらない。慌てて詫びたがデイモンは許してくれなかった。

「謝罪に誠意が感じられない」

むすっとしてそう言ったかと思うと、すっとまた左手を上げる。

「うわっ」

彼の左手から青い稲妻が立ち上った。ものすごい迫力の青白い閃光《せんこう》が迸《ほとばし》る、その指先をデイモンが僕へと向けてくる。

「やめてくれっ」

「危ないっ」

今度こそ『酷い』目に遭《あ》わされる。覚悟し、ぎゅっと目を閉じた僕の耳に城田の声が響いたかと思うと、その彼が僕に覆い被さる気配が伝わってきた。

「えっ？」

まさか、と閉じていた目を開け、まさに僕をデイモンから庇《かば》おうと抱きついてきた城田を見やる。

城田は今、ぎゅっと目を閉じていた。いかにも苦痛を予感させる青い稲妻に彼も恐怖を感じていることがよくわかる。が、怖いならなぜ僕を庇うのか。思わず顔を見上げたと同時に、彼も、そして僕も稲妻の被害を受けていないことに気づいた。

「あれ？」

僕が声を上げたために城田もまた気づいたようだ。

「おや？」

不思議そうな声を出し目を開いたと同時に、彼と目が合う。

「失敬」

慌てた様子で僕の背から腕を解いた彼の頬は紅かった。

「…………」

それを見る僕の頬にも、じわりと血が上ってくる。

庇ってくれたんだ――我が身の危険を顧みず、そして恐怖心をものともせず、僕を庇ってくれたのかと思うと、頬はどんどん熱くなった。

なんだかおかしい。きっと真っ赤になっているであろう頬を両手で包んだ僕の耳に、デイモンの笑いを含んだ声が響く。

「その調子だ。あとは任せた」

そう言ったかと思うとデイモンはまた、すっと天井を指差した。稲妻が光り、その眩《まぶ》しさに目を伏せているうちに彼の姿は部屋から消えていた。

「……何しに来たんだ？」

素でわからず呟いた僕の目の前にすっと影が差す。

「あ」

いつの間にかすぐ近くまで城田が来ていた。

「大丈夫だった？」

「え？」

切なげな顔で問いかけてくる彼の手が僕の頬を、両手で覆っていたその手ごと包む。

どき、と鼓動が高鳴り、なぜだか指先が震えてきた。

「……速水君……」

少し掠《かす》れた声で名を呼ばれると、ますます胸のドキドキは増し、今度は足まで震えてきてしまう。

「…………好きだ…………」

そう告げた城田の唇がゆっくりと僕の唇へと近づいてくる。

キスしようとしているんだ——察した瞬間、頭にカッと血が上った。

普段の僕ならこうして同性にキスを迫られた場合、ぎょっとして相手の胸を突き飛ばし、唇を避けていたことだろう。

『ふざけるな』と怒鳴りつけてもいたに違いない。

でもなぜか今、僕は少しの嫌悪感を抱くこともなく、城田の唇を待ち受けている。一体どうしたことだ、と自分自身の心理がまるで摑めず、酷く戸惑ってしまいながらも僕は、間もなく触れ合うことになる城田の唇を受け止めるべく自然と目を閉じていた。

「…………あれ？」

息がかかるほど近く、本当にあと数ミリというところまで唇は迫ってきていたはずなのに、なかなか僕の唇の上に落ちてこない。

それどころか唇の気配すら感じなくなり、どうしたんだろうと僕は、様子を窺《うかが》おうと薄く目を開いた。

「………ごめん」

視界に真っ先に飛び込んできたのは、心の底から申し訳なさそうな表情を浮かべる城田の端整な顔だった。

「……え?」

何を謝っているのか。理解できずに首を傾げた僕の頰から手を引くと、城田は首を横に振りながら、一歩下がって僕との間の距離を作った。

「………あの?」

二人の間に風が流れる。その瞬間なぜか胸に微かな痛みを覚え、なんで? とますます戸惑いを覚えていた僕から、何を思ったのか城田はもう一歩下がると、

「本当にごめんっ」

そう言い、深く頭を下げた。

「え?」

その途端、ボンッとスモークのような白い煙が立ち上り、僕が驚いている間にその煙は舞

台の演出よろしく、あっという間にすうっと引いていった。

「ええっ?」

視界が晴れた先、現れた姿を見た僕の口から、思わず驚きの声が漏れる。

「ご……ごめん……」

先ほどとほとんど同じ立ち位置にいながらにして、その場で再び深く頭を下げてきたのはなんと——魔法が解けたシンデレラ、『稀代の名探偵』ヴァージョンではなく、彼、本来の姿だという冴えない外見に戻ってしまった城田、その人だった。

9

「……なんで？」

時刻はとうに深夜十二時を過ぎてはいた。が、いきなり元の姿に戻った理由がわからない。

さっきも似たようなことがあったが、そのときデイモンは『モチベーションを保てないから』と言っていた。

今回もまた保てなかったのか？　何をきっかけに？

戸惑いまくっていた僕は城田に問いかけたのだが、城田自身、戻ったことに最初は気づいていない様子だった。

「あ、あれ？」

僕のリアクションを見て初めて察したようで、自分の顔や頭髪に手をやり、困惑しきった声を上げている。

「ど、どうしたんだろう」

「知りません」

城田自身にわからないものを、僕がわかるはずがない。呆れてそう告げると城田もまた同

じことを思ったらしく、

「そうだよね」

と言ってから、はあ、と深い溜め息をついた。

「……これで、よかったんだろうな」

「何が?」

溜め息の直後、ぽつりと漏らした城田の言葉が気になり問い返す。

「え? あ……」

城田自身、意識しての発言ではなかったようで、酷く動揺してみせたものの、僕がもう一度、

「何が?」

と問うと、ぼそぼそと、ほとんど聞こえないような声で答え始めた。

「やっぱりその……悪魔の力で好きになってもらうっていうのは、なんか違うような気がして……」

「ああ……」

そういやこいつはデイモンとの契約に二つ、願いを申請したのだったと思い出す。一つは『稀代の名探偵になること』だったが、もう一つはなんと僕と『恋人同士になること』だった。

高校時代から一途《いちず》に僕を好きだったという。初めてそれを聞いたとき、自分としては当時ほとんど認識していなかった相手からそんな熱烈な告白をされても、と、ただ戸惑うだけだった。

でも今はどうだろう。嫌悪感はもともとなかった。その後、今の彼を知るにつれ、どちらかというと好感度が増していったように思う。

稀代の名探偵になりたいと願ったのは、自分が名声を得たいからというよりは、解決されない事件の陰で泣く人たちを一人でも多く救いたいという思いからだった、ということにも好感を持ったし、今も『悪魔の力で好きになってもらうっていうのは、なんか違うような気がして』という彼を、男らしいなとも思った。

それ以前に——彼にキスされようとしたとき、僕ははっきり自分の意思で目を閉じていた。あのときデイモンの力が働いていなかったという保証はない。デイモンの力は本物だ。その証明は城田の激変ぶりからしてもわかるし、名探偵としての彼の力がすべて、デイモンによって与えられた能力——人の心を読むとか、現場に行くと事件の光景が蘇るとか——であることからもわかってはいたが、それでもなんとなく、さっきまで感じていたドキドキにデイモンは関係ないと思えて仕方がないのだった。

今もそうだ。目の前にいるのは『稀代の名探偵』とはとても思えない、ぼさぼさ頭の冴えない男のはずなのに、酷く好ましく感じている自分がここにいる。

セクシーダイナマイツな彼を前にしたときには、魅力的だなと思いこそすれ、こんなドキドキは感じなかった。それ以前の問題として、同性にときめきを感じたことは人生において一度もなかった。

となるとやはりこのときめきは悪魔によってもたらされたものなのかと疑うべきだろうとは思うのだが、やはりそうは感じない。

感じない、というより『感じたくない』のか、と察したと同時に僕は、自分の気持ちも理解した。

「なんだ、そうか」

「え？」

それまでの沈黙を破り、いきなり呟いた僕に城田が戸惑いの視線を向けてくる。

「……いやいやいや」

むさいとしかいいようのない彼の目が潤んでいる。それが天井の灯りを受け、キラキラ輝いて見えた。綺麗だな、と思った自分にびっくりし、思わずまた呟く。

「あの……速水……君？」

挙動不審に見えたのだろう。城田が心配そうに僕の顔を覗き込む。

「だ、大丈夫かい？」

おどおどと問いかけてきた彼の目を見返すうちに、また、胸の鼓動が高鳴ってきた。

これはやっぱり、アレだな。

認めるのに勇気はいった。でも一度認めてしまうと、なんだかとても気が楽になった。

一歩踏み出すまでが大変というヤツだな。きっと作家としても僕はこの『一歩』を踏み出せなかったから、三冊目に繋がらなかったのかもしれない。

そんな、今考えなくてもいいようなことに思考がいってしまっているのは多分、勇気勇気と言いつつ、その『勇気』を奮い起こすのに最後の逡巡をしていたからだろう。

「速水君？」

黙り込んだかと思うと、溜め息をついたり微笑んだりと、一人百面相をしていた僕の名を城田が呼ぶ。

名探偵ヴァージョンの彼は、確かにイケメンだしセクシーだ。でも僕が好ましく思うのは今の、自信が欠片ほども感じられない内気な彼のほうだ。

好ましい、というよりは積極的に『好き』だと確信できる、と僕は大きく頷くことで最後の『一人百面相』をし終えると、その気持ちを本人に伝えようと口を開いた。

「わかりました。自分の気持ちが」

「え？」

切り出しが唐突すぎたのか、城田が驚いたように目を見開く。次の僕の発言に彼はどんな表情を浮かべるのか。楽しみだと頬が緩みそうになっている自分はやはり——。

「多分、好きなんです。あなたが」

そう、彼のことが好きなのだろう。

気持ちを言葉にして伝えることがこうも心地よいものだとは思わなかった。ああ、さっぱりした。と明るい気持ちで城田を見返す。

「…………え…………？」

城田は――ただただ呆然としていた。

きっと彼はこのあと、喜んでくれるに違いない。別に自信過剰なわけではなく、悪魔と契約してまで僕と恋人同士になりたいと願ったのは、僕のことが好きだったからだろう。

普通好きな相手から好かれたら嬉しいと思いこそすれ、迷惑には思わないはずだ。さっきだってキスまでいきそうになったのだし。

いつしか僕は期待感を込めて彼の『嬉しいよ』的な言葉を待っていたのだが、結果は――違った。

「ご、ごめんなさい……」

心底罪悪感を覚えている表情を浮かべながら、深く頭を下げられ、もしやふられたってことか、と今度は僕のほうが唖然としてしまった。

「……嘘だろ？」

くれぐれも言うが、僕は別に自信過剰ってわけじゃないのだ。でも今回の場合は、相手が好きだという前提のもと、告白したというのに、それで『ごめん』はないだろう。

それでそう呟いてしまった僕の前で城田は俯いたまま、ぼそぼそと聞こえないような声で言い訳を始めた。

「も、勿論、嬉しいんだ。でもきっと君は後悔すると思うんだ。だって、本物の僕はこんなに冴えないし、名探偵でもないし、それに、その……童貞だし……」

「嘘」

またも思わず呟いてしまってから、慌てて僕は、

「あ、いや、なんでもない」

と言い足した。目の前で城田が酷く傷ついた表情を浮かべたのに気づいたからだ。

でもフォローは間に合わなかったらしく、城田は俯いたまま、

「だから……」

と言葉を続けた。

「今の君の気持ちは、デイモンに操られているだけなんだよ。それに乗っかるのはその……人としてどうかと思うし……」

「人としてどうかと思うのなら、最初からデイモンに頼むなよ……」

僕は思ったことを胸に留めておくのがどうやら苦手のようだ。誰に対してでも、というわけではないのだが、こと城田に対してはその傾向が強いようで、今もまた自然と言葉が口か

ら零れ出てしまっていた。

「……面目ない……」

おっしゃるとおり、というように城田ががっくりと肩を落とす。

「あ、いや……」

「そ、そういうわけだから、その、なんというか……僕のことはもう、気にしないでくれていいから……」

城田は僕から目を逸らしたままそう言うと、

「それじゃ、お疲れ……」

とその場を離れようとした。

「ちょっと待った！」

慌てて腕を摑み、彼の足を止めさせる。

「えっ？」

「勝手に自己完結するなよ」

仰天した顔で振り返った城田に僕は、自身の気持ちをなんとか伝えようと言葉を尽くしていった。

「デイモンの力を否定するつもりはない。でも、この気持ちは違うんじゃないかと思う。だってどちらかというとデイモンの力を借りた名探偵のときのあなたより、今の素のあなたのほうに僕は惹《ひ》かれているから」

「……………今の……僕？」

信じられない、というように城田が目を見開く。

「ああ」

「……こんな……冴えない僕に？」

僕はきっぱり頷いたというのに、なぜだか城田はますます自信なさげな表情になり、震える声で問い返してきた。

「うん」

そのとおり、と再び力強く頷く。途端に城田は泣きそうな顔で、絶望感溢れる言葉を口にした。

「やっぱり君はデイモンに操られているんだよ」

「だから！　もっと自分に自信を持てよっ」

あー、苛々する。その苛々を僕はそのまま、城田当人にぶつけていた。

「確かに外見は冴えないと思ったけど、それでも惹かれるものがあったんだよ。名探偵になりたい理由が自尊心を満足させるためじゃなくて人の役に立ちたいと思ったからだとか、自分で悪魔に僕と恋人同士になりたいと願っておきながら、それを人としてどうかと思うところとかっ」

「…………速水君…………」

いきなり切れた僕を前に、城田は相変わらず呆然とした顔をしていた。が、やがて彼の目は輝き始め、頬には血が上っていくのに、僕はしっかり気づいていた。

「……本当に……？」

「嘘なんてつくわけないじゃないか」

どうしていつも城田はこうもおずおずと話しかけてくるんだろう。苛ついていいはずなのに、僕の頬にも血が上ってきてしまう。

「僕がこんな……冴えなくても？」

「ああ」

「実は名探偵の能力なんて皆無でも？」

「皆無とは思わないけど、もしそうでも別に気にしない」

「ど、童貞でも？」

「それは……」

ちょっと驚いた。同い年として、と揶揄《やゆ》しかけ、そんな場合じゃないか、と思い直す。

「……いいんじゃないの？　人それぞれだし」

「…………僕は…………」

城田が感極まった声を出す。ようやくわかってくれたか、と僕は彼の胸に飛び込む準備を固めた。

「……夢でも見ているんだろうか……」

だがそう呟いた城田を前に、思わずずっこける。

「なわけないだろうっ」

叫んだと同時に僕は、そっちがそのつもりなら、と、まだ両腕も広げていない彼の胸に身体をぶつけていった。

「は、速水君？」

「背中に腕回す！」

戸惑った声を上げる彼に指示を出す。

「は、はい」

「抱き締めるっ」

「い、いいの？」

戸惑いながらも城田は僕の指示どおり、僕の背を抱き締めてくれた。

「そしてキス！」

「キ、キス……っ？」

裏返った声で叫んだ彼に僕は、

「デイモンとはしてたじゃないか」

と指摘した。

「あ、あれはされただけで……」

「もしかして……キスも初めて……？」

真っ赤になる城田を前に僕は、まさか、と思いつつ問いかけた。

「…………」

絶句したところを見ると、そうなのか、と啞然としたが、恥ずかしそうに目を伏せた城田を見てしまっては、やはり揶揄などできなかった。

「それだけ大事にしてたってことだろう？」

それはそれで好ましいじゃないか。そう思える自分がなんだか信じられない。

もし城田のことを好きではなかったら、きっと爆笑していたことだろう。それを堪えたということ自体が『好き』の証明じゃないか。

僕としても完璧に、自身の気持ちがデイモンの操作によるものではないという自信があったわけではない。これも別に証明にはならないだろうが、それでも自分の気持ちの裏づけとしてはいい感じだ。

そう思いながら僕は自ら顔を城田へと近づけていった。

「は、速水君……っ」

城田はびびりまくった顔になっている。なんだかこれじゃあ僕が彼を襲っているみたいじゃないか、と思いながらも僕は自分の唇を城田の唇へと押し当てた。

「……っ」

息を呑んだ城田の唇が、声を上げようとしたのか微かに開く。ここまで積極的になっていいのかという疑問を覚えはしたものの、僕は彼の背を抱き締め返し、開いた唇の間から舌を挿入させていった。

「……っ」

城田はまた、ぎょっとした顔になったが、僕が舌を絡めていくと、おどおどしながらも吸い返してくれた。

と同時に背に回っていた彼の手に熱が籠もり、僕の背中を撫で回し始める。

「……ん……っ」

もぞ、と身体を動かしてしまったのは、なんだか気持ちが昂《たかぶ》ってきてしまっていたためだった。

「…………速水……くん……」

唇を微かに離し、僕の名を呼びながら城田がぴたりと下肢を密着させてくる。

「……うわ……」

合わせた唇の間から、思わず声を漏らしてしまった。というのも押し当てられた城田の下半身があまりに熱く、そしてあまりにあからさまに形を成していたからだ。

勃起《ぼっき》している。僕とキスしているだけで。なんか凄いな、と思わずそれを確かめようと城田の背から解いた手でそれを触ってみる。

「わっ」

途端に城田の雄が熱と硬さと大きさを増した。あまりの反応のよさに思わず声が漏れたが、それを聞き城田が酷く恥ずかしそうな顔になった。

「………」

そそられる。

ドキリとする自分に、やっぱり立場が逆じゃないかという思いが宿る。ということは自分が女役だと自ら認めてるってことか、と、今更の動揺が僕を襲った。

「速水……君……」

積極的な僕の動作に思い切りがついたのか、城田が名を呼びながら僕を近くのソファへと押し倒す。

抵抗しようと思えばできた。が、あえてしようとは思わなかった。押し倒されたあとに城田の手が僕のシャツの上から胸を摑んできたのに、うわ、と思い、顔を見上げる。

「嫌……かな?」

おずおずと城田が問いかけてくる。

「……そういうのは……聞かなくていいから」

聞かれたら『困る』としか答えようがない。もう、流されるがままにしてくれ、と僕は両手を城田の背に回し彼にしがみついた。

「……わ、わかった」

城田が上擦った声で返事をしつつ、僕のシャツのボタンを外し始める。

童貞だということだったけれど、なぜだか仕草は手慣れていて、違和感を覚えた僕は思わず城田を見上げてしまった。

「一応……練習は、した」

「練習？」

誰と？　どうやって？

聞きたくはあったが、城田はそれどころではなさそうだった。

聞かずとも相手も手段もわかった気がする。それを確かめるべく僕は彼に問いかけた。

「デイモンか？」

「……うん……」

恥ずかしそうに頷く彼を前に、面白くない、という思いが胸に立ち上る。

嫉妬《しっと》だな、と気づいてはいたが認めるのはさすがに躊躇われた。というのに城田はいちいちそれを説明してきて、僕を密かに苛立たせた。

「あ、あの、練習といっても、勿論、本番を想定してのもので……といっても別に、本番めいた行為は誓ってやっていないわけで……」

「わかったからもう、いいって」

それ以上聞いたら多分、更に嫉妬心は煽《あお》られる。それで僕は彼の背に回していた手を前へと移動させ、彼の雄をスラックス越しにぎゅっと握った。

「は、速水君っ」

城田が動揺しまくった声を出す。

「一緒にいこう」

そう告げると城田は乙女のように頬を染め、こくん、と小さく頷いた。

やっぱり——逆？

そう思わないでもないけれど、と考えつつも僕は城田のスラックスのファスナーを下ろし、中に手を突っ込んだ。

城田もまた、僕のジーンズのファスナーを下ろして直《じか》に雄に触れてくる。

仕事に追い詰められると、自慰をしたいという気持ちも萎《な》えた。それだけに城田の指を感じたときに、自分でもびっくりするくらい雄が正直な反応を見せたことはさすがに照れくさくて、思わず腰を引いてしまった。

「……速水君……」

何か吹っ切れたのか、城田はもう臆することなく、引いた僕の腰を追いかけてきた。ぎゅっと雄を握り扱《しご》き上げてくる。

「ん……っ」

僕もまた彼の雄を握り直し、先端のくびれた部分を擦《こす》り上げる。

「ん……っ」

「んん……っ」

僕の手の中で城田の雄が急速に硬さを増していくのがわかった。城田の手の中では僕の雄も同じように熱を孕《はら》んでいる。今まで他人のそれを握ったことなどなかったし、同性から握られたこともなかった。経験がないだけに嫌悪感を覚えるかと思っていたのに、少しもそんなことはなく、かえって僕は酷く興奮してきてしまっていた。

「……あ……」

興奮はそのまま現象となって現れ、城田に驚きの声を上げさせた。彼の手の中で僕の雄がどくんと大きく脈打ち、見る見るうちに硬くなっていったのを驚いているようだ。

僕自身、驚いているのだけれど。照れも手伝い僕は手の中の城田の雄を勢いよく扱き上げた。

「あっ」

城田がはっとしたような声を上げ、僕の雄をぎゅっと握る。

「……いこう、一緒に……」

囁く声が掠れてしまった。我ながらエロい。頬に血が上りそうになったが、ごくりと唾を呑み込んだ城田もまた僕同様、激しく雄を扱き上げてきたため、それどころではなくなった。

「ん……っ……んん……っ」

「んふ……っ……ふ……っ……う……っ」

互いの声が互いを昂めていくのがわかる。僕の雄も、城田の雄もすっかり勃《た》ちきり、先端から先走りの液を滴らせ始めた。

透明なその液が盛り上がり、竿《さお》を伝って流れ落ちる。そのせいで手を動かすたびににちゃにちゃと濡れた淫猥《いんわい》な音が室内には響き、二人を堪《たま》らない気持ちに陥らせていった。

「……いきそう……」

我慢できずに呟いた僕の声に、城田が同調する。

「ぼ……僕もだ」

「一緒に」

「うん」

思いは一つ。互いに目を見交わし頷き合うと、声をかけ合うこともなく僕らはほぼ同時に相手の雄を一気に扱き上げた。

「あぁっ」

「うっ」

僕も、そして城田も高い声を上げ、それぞれの手の中に白濁した液を飛ばしてしまった。

ああ、と大きく息を吐き出した僕の耳に、やはり、

「……はぁ……」

と息を吐き出す城田の息の音が聞こえてきた。

「……なんだか……」

照れる。そう笑いかけようとした僕は、城田の顔を見て言葉を呑み込んだ。

「……幸せだ……もう、死んでもいいくらい」

城田はなんと——涙ぐんでいた。綺麗な涙が彼の黒い瞳に浮かんでいる。

「こ、この程度で……？」

互いに扱き合っただけで、抱いても抱かれてもいない。こんなんで満足していいのか、と思わず問い返すと、城田は、はっとした様子となり見る見るうちに頬を染めていった。

「だって……こんな日が来るとは思わなかったから……」

「………………」

乙女か。そう突っ込みたいが、恥ずかしそうな、でもとても幸せそうな彼の顔を見ているうちに、なんだか僕までもが幸せな気持ちになってきてしまった。

相手は童貞だ。僕だって男相手は初めてだが、焦る理由など一つもない。ゆっくりと関係を進めていけばいいじゃないか。

そう思い、城田を見ると、城田もまた僕を見返し、何か言いたげな顔となった。

「何？」

予想がつかず問い返すと城田は一瞬逡巡するように目を泳がせたものの、すぐに視線を僕へと戻し口を開いた。

「僕と……付き合ってもらえますか」

「え」

思わず絶句し、言葉を失ってしまったのは、ここまでやっておいて、今それを言うかと思ったからだった。

「……あの……」

そのリアクションを城田は拒絶とでも思ったようで、見る見るうちに困り果てた顔となっていく。

「いや、だから……」

違うのだ。そう言おうとしたまさにそのとき、いきなり室内に稲妻が光ったかと思うと、白いスモークと共に彼が——デイモンが姿を現した。

「なんだよ」

稲妻を見たときから来るだろうなと予想がついていたし、登場もワンパターンで飽きてきた。なのでそう驚くことなく僕はデイモンの登場を受け止めたのだが、城田は未だ慣れてははいなかったようだ。

「ど、どうして……っ」

動揺しまくっている彼に、やれやれ、というような視線を向けたあと、デイモンは僕を見て、にや、と笑った。

「これで私の力を信用しただろう」

「……どの辺で？」

素でわからず問い返した僕に、デイモンが迫ってくる。

「いい加減にしろ。お前は城田の恋人となったのだろう？」

「デ、デイモンさん」

デイモンの顔が凶悪だったからか、城田が慌てた様子で僕と彼の間に立ちはだかった。

「邪魔だ」

だがデイモンは彼を押しやり、尚も僕へと迫ってくる。

「こいつの名探偵ぶりも見せた。恋人同士にもなった。なのに私の力をまだ信用できないと？」

「デイモンさん、や、やめくださいっ」

突き飛ばされても尚、城田がデイモンに縋りつこうとする。

「邪魔だと言うに」

だが再び横にはね飛ばされ、無様に床に沈んだ彼に、僕は慌てて、

「大丈夫か？」

と駆け寄った。

「大丈夫」

城田が僕を庇おうとデイモンとの間にまた立とうとする。

「だから邪魔だと……」

「わかった、わかったから」

また、デイモンが城田を突き飛ばそうとするのを止めるべく、僕は慌てて大きな声を上げた。

「ようやく腹を括《くく》ったか」

往生際の悪いことだ、と文句を言いながらもデイモンは機嫌よさげに笑っていた。だが彼の笑みも僕が、

「いや」

と首を傾げると、途端に端整な顔から消え、更に凶悪な表情で僕を睨みつけてきた。

「この期に及んで何が不満だと？」

「不満ってわけでもないんだけど……」

「だからなんだ」

はらはらしながら僕とデイモンのやりとりを城田が見つめている。デイモンから僕を守ろうとしてくれた彼の男気に惚《ほ》れ直す思いを抱きながら僕はデイモンに向かってきっぱりと言い切った。

「見ていたから知っていると思うけど、僕たちまだセックスしてないし」

「えっ」

まさか僕がそんなことを言い出すとは思っていなかったのか、城田がぎょっとした声を上げたあと、見る見る顔を赤らめていく。

「確かに」

「やっぱり見てたんだな」

頷いたデイモンにそう突っ込むと、さすがに照れくさかったのかデイモンはコホン、と咳払いをし、僕から視線を逸らした。それに乗じて僕は一気に彼にこうたたみかけてやったのだった。

「というわけで、このまま城田と恋人同士になってもいいか、暫く様子を見させてもらおうかと」

「え？　それじゃあ……」

城田が切なげな顔になったのは『暫く』セックスはできないということかと察したからのようだった。

童貞のくせに、と少々意地の悪い揶揄を心の中で呟きつつ彼を見やった僕にデイモンが、
「わかった」
と渋々頷いてみせる。肩を竦めるデイモンを前にし、城田は参ったなという顔になっていた。

実際、悪魔と契約を交わすことのリスクは僕自身、よくわかっていない。唯一わかるのは、美味しい話には必ず裏があるということだ。

城田がその『裏』にはまり込むことがないよう、守ってやりたい。悪魔相手に喧嘩《けんか》を売るほど馬鹿げた行為はないだろうが、できる限りリスクを回避してやりたいと思わずにはいられない。

そんな僕の心情など、人の心を読めるデイモンには当然見透かされているに違いないのに、なぜだか彼は僕にそれを指摘することなく、いきなり楽しげな笑い声を上げたかと思うと、
「別に焦る話でもない。時間はたっぷりあるからな。お前たち二人が無事に結ばれるまで、見守らせてもらうことにしよう」

そう告げ、僕に、そして城田に、パチリとそれは魅惑的なウインクをして寄越した。
「なんなら童貞のお前に、セックスのやり方をことこまかく、そう、一から十まで教えてやってもいいぞ」

テクニックを仕込んでやる、と、デイモンが唖然としている城田の肩を抱こうとする。

「いや、その辺は結構ですので」

ひっと悲鳴を上げそうになった城田に代わってデイモンに言い返したのは僕だった。

デイモンの意図は今一つ読めないものの、どうやら当面、彼とは共存していくしかないようである。

そんな将来を思うと頭が痛いが、デイモンの魔手から城田を守れるのは自分しかいないという決意のもと、二人の間に割り込むと僕は、決して負けるものかとデイモンを——何が楽しいのか、にやにや笑いを浮かべている彼を思い切り睨みつけたのだった。

あとがき

はじめまして&こんにちは。愁堂れなです。この度は十二冊目のシャレード文庫となりました『悪魔が恋のキューピッド』をお手に取ってくださりどうもありがとうございました！　とても楽しみながら書かせていただいたので皆様にも楽しんでいただけるといいなと祈ってます。

明神翼先生、麗しすぎるイラストを本当にどうもありがとうございました！　めちゃめちゃ嬉しかったです！　また、担当様をはじめ、本書発行に携わってくださいましたすべての皆様にこの場をお借りいたしまして心より御礼申し上げます。

機会がありましたら続きを書きたいなと思っていますので、よろしかったらどうぞ編集部にリクエストなさってくださいね。

また皆様にお目にかかれますことを切にお祈りしています。

愁堂れな

「悪魔が恋のキューピッド」
カバーラフ Ⓐ

「悪魔が恋のキューピッド」
カバーラフⒷ

「悪魔が恋のキューピッド」
カバーラフ ©

愁堂れな先生、明神翼先生へのお便り、
本作品に関するご意見、ご感想などは
〒101-8405
東京都千代田区三崎町2-18-11
二見書房　シャレード文庫
「悪魔が恋のキューピッド」係まで。

本作品は書き下ろしです

CHARADE BUNKO

悪魔《あくま》が恋《こい》のキューピッド

【著者】愁堂《しゅうどう》れな

【発行所】株式会社二見書房
東京都千代田区三崎町2-18-11
電話　03(3515)2311[営業]
　　　03(3515)2314[編集]
振替　00170-4-2639
【印刷】株式会社堀内印刷所
【製本】ナショナル製本協同組合

落丁・乱丁本はお取り替えいたします。
定価は、カバーに表示してあります。

ISBN978-4-576-13105-4

http://charade.futami.co.jp/